LE CERCLE PARFAIT

PASCALE QUIVIGER

Le cercle parfait

roman

L'inStant même

Maquette de la couverture : Anne-Marie Guérineau

Illustration de la couverture : Pascale Quiviger, *Le village vu de loin* (détail), 1997, acrylique sur toile (40 × 20 cm)

Photocomposition : CompoMagny enr.

Distribution pour le Québec : Diffusion Dimedia
539, boulevard Lebeau
Saint-Laurent (Québec) H4N 1S2

© Les éditions de L'instant même 2003

L'instant même
865, avenue Moncton
Québec (Québec) G1S 2Y4
info@instantmeme.com
www.instantmeme.com

Dépôt légal – 4ᵉ trimestre 2003

Catalogage avant publication de la Bibliothèque nationale du Canada

Quiviger, Pascale, 1969-

   Le cercle parfait

   ISBN 2-89502-190-2

   I. Titre.

PS8583.U584C47 2003   C843'.6   C2003-941811-1
PS9583.U584C47 2003

L'instant même remercie le Conseil des Arts du Canada, le gouvernement du Canada (Programme d'aide au développement de l'industrie de l'édition), le gouvernement du Québec (Programme de crédit d'impôt pour l'édition de livres – Gestion SODEC) et la Société de développement des entreprises culturelles du Québec.

Pour ceux qui parlent aux chiens.

Si tu regardes ma main avancer dans l'espace, tu comprendras qu'elle te cherche.

Elle te cherche depuis longtemps déjà, peut-être plus encore.

En te touchant, elle dirait : je te cherche.

Elle dirait : je n'ai pas cessé de t'aimer.

Elle dirait aussi : il me fallait sortir de ton cercle parfait.

L'exact moment de la soif

DANS LA DERNIÈRE SCÈNE d'un film italien, une famille s'apprêtant à émigrer par voie de mer s'arrête sur une plage pour manger. C'est une journée ordinaire de soleil et de vent. Pendant que les adultes bavardent, une enfant escalade la dune. Lorsqu'elle se retourne au bout de son effort, elle voit d'un coup devant elle et comme pour la première fois : la mer verte, le ciel blanc, l'horizon – la vie. Alors elle ouvre les bras le plus grand possible. Elle regarde encore un instant.

Puis elle dévale la pente en riant, en courant, en volant.

Votre valise est exceptionnellement lourde.

« Votre valise est trop lourde », vous dit l'agent de la compagnie aérienne.

Votre valise ressemble à votre vie des derniers mois.

Vous arrivez là-bas par une journée torride. Une liqueur verte sur une nappe éblouissante de blancheur. De grands châtaigniers, leurs fleurs roses et fragiles, sur le point de tomber. On vous présente des gens qui prennent l'apéritif au bar de l'auberge. Il est là, parmi eux, avec sa barbe longue et son remarquable regard, que vous ne remarquez pas. Il boit un *amaro* dans un verre étroit qu'il tient avec précaution entre ses mains carrées. Cette rencontre dure cinq minutes. Il vous énerve parce qu'il parle trop fort, parce qu'il est trop barbu et qu'il s'affale trop creux au fond de sa chaise.

Le premier soir : un miel de châtaignes à la saveur si obscure que vous sombrez tout de suite dans l'anxiété habituelle, amplifiée par la peur de sombrer dans l'anxiété habituelle. Lorsque vous entrez dans votre chambre, vous voyez, par la fenêtre, un chat se vautrer sous la lune. Vous vous brossez les dents, vous asseyez sur le lit et écrivez. *Je suis venue pour transformer la peur en joie. La plus grande peur en plus grande joie encore.*

La première nuit : vous rêvez d'une maison bleue en train de s'écrouler. Les escaliers, les fenêtres s'effondrent et vous vous réfugiez dans une cuisine jaune où un homme, en souriant, cassé du sucre et vous montre la fenêtre par laquelle vous échapper.

Le premier matin : près de l'auberge, il y a un mur de pierre, derrière le mur une maison, sur le mur des fleurs en grappes blanches. Une femme chante. Son chant monte doucement entre les fleurs et les bruits de vaisselle. De temps à autre, elle marche dans la maison, le chant s'éteint et se rallume. Elle chante encore quand elle sort et referme la grille du jardin.

Ce même jour : il a coupé sa barbe. Son visage est lumineux à la manière d'un secret brusquement dévoilé. Vous êtes fascinée malgré vous par le fait qu'on puisse cacher un aussi beau visage comme on cacherait une cicatrice. Sa nudité, plus nue encore d'avoir été occultée, témoigne d'une fragilité semblable à celle de la naissance, rappelle que tous les visages sont nus. C'est le visage magnifique de l'humanité. Pendant deux semaines, vous l'évitez soigneusement afin de n'être pas atteinte davantage par cette fascination.

Au bout de deux semaines : vous l'entendez parler avec quelqu'un, il raconte la mort de son père l'an dernier. « C'est dur, la mort », dit-il en baissant ses yeux verts. Vous ne lui parlez pas, vos mains brûlent, vous ne le touchez pas. Il est du genre à s'exprimer en portant son corps élastique au bout de sa fatigue, en émondant le langage pour protéger l'essentiel. Vous écrivez, plus tard, dans votre chambre : *Aujourd'hui le contour des choses proches était net. Les choses proches étaient proches.*

Le surlendemain : vous vous rendez dans un village voisin et venteux. Une basilique. À gauche, une porte ouvre sur la crypte. Basse, sombre, fraîche. Une crypte hexagonale, enchaînement d'arches bouchées par des fenêtres blanches, opaques. Plusieurs chaises. Vous en choisissez une. Le vent fait claquer une vitre, vous ne sauriez dire laquelle, elle claque à répétition, vous l'écoutez claquer, vous ne faites que cela. Alors se produit un phénomène étrange et invisible dont vous ne parlerez à personne.

Une présence s'avance dans l'obscurité sans prendre forme. Tangible, elle vient, inséparable du vent qui écarte les parois de la crypte. Celle-ci persiste, renversée sur elle-même comme un grand bol à soupe. Dans la semi-pénombre, les arches se succèdent. À travers l'une, on devine l'autre. Le vent force. Il glisse son bruit au ras des os du ventre. Vous attendez, fermez les yeux, ouvrez les yeux, ne savez plus où mettre les yeux. La présence s'approche et vous prend à la gorge, s'impose et s'absente en même temps. Cela dure longtemps, peut-être une heure, peut-être dix minutes. Un homme entre. Il vous montre un escalier. Vous gravissez les marches étroites, persuadée d'y être déjà passée, déjà, il y a mille ans. La rampe est basse, taillée dans la pierre froide du mur. Le plafond est voûté. Une clochette pend, couverte de toiles d'araignées. Au sommet, une porte. Elle donne sur l'église, baroque, accablante. Un peu de jour entre par la coupole. Vous avez du mal à respirer et, pendant

quelques secondes, vous vous préparez au pire – à l'étouffe-
ment, à l'illumination. Vous marchez lentement, surnatu-
rellement, le long d'une succession de toiles quelconques et de
statues pâteuses. Le cercle se referme près de la porte. Un bé-
nitier, avec de l'eau : vous faites le geste absurde et pourtant
nécessaire d'y tremper le pouce et de tracer une croix sur votre
front. Des visiteurs entrent et saluent à la ronde, c'est l'usage.
Vous avez honte de votre front mouillé et sortez précipitamment.

Dehors l'air est chaud. C'est la fin d'un après-midi de soleil.
Des gens circulent dans la rue. Vous constatez que l'endroit
était froid, que vous aviez froid. Vous comprenez tout, alors,
vous comprenez dans le souvenir obscur d'un froid plus ancien.
Du froid le plus ancien. Le ventre qui vente, craque, attend.
L'homme qui vous montre la sortie, l'étroit tunnel au bout
duquel vous respirez maladroitement. Le rayon du jour à travers
la coupole et la croix du baptême.

Vous marchez. Vous vous arrêtez au pied d'un mur dense
comme la tranche d'une seule pierre. Une mousse jaune le
recouvre. Vous y posez la main. Vous pensez : mon père fut
un mur. Ainsi soit-il. Ce fut sa façon d'être un père, inébranlable. De protéger le ventre du vent qui craque. De protéger
l'enfant sorti du noir. La première rencontre. Le premier amour.
Dans le ventre, il n'y avait pas encore l'amour, parce que l'enfant et le ventre étaient identiques. Vous pensez aux bras qui
gardent le premier sommeil du premier enfant. Après la chute,
ce sont les bras absolus, le premier lieu d'entente à distance de
soi. Ils inventent la confiance en se taisant pourtant, ils
promettent de résister au vent, de résister au temps, de résister
au ventre. Je serai là, toujours, je serai comme un mur, comme
ton mur, je serai ton mur, dors. Je serai celui qui ne tombe pas.

Ce jour-là : vous comprenez que les murs sont faits de
pierre. Ce jour-là, en fermant les yeux, vous ne trouvez pas le

nom de ce qui monte. Il vous prend l'envie de prier et de pleurer, vous vous apercevez que vous ignorez tout de vous-même. Vous êtes dehors, en plein jour, dans un lieu public, un pays étranger, et vous avez l'air d'une folle.

C'est malgré vous que vous tombez amoureuse. Il faut savoir que, par la fenêtre ouverte, le châtaignier fleuri entre dans votre chambre et que l'eau, partout, a un goût de citron. Il faut surtout savoir que vous voyez entre les pétales écartés ce que vous n'aviez jamais vu : l'apparent désir des fleurs. Et que vous pressentez enfin en vous-même ce que vous n'aviez jamais pressenti : le pouvoir d'être un bouquet.

Vous tombez amoureuse avec désespoir, avec peu de temps devant vous dans le voyage qui achève et avec, torturante, la pensée de cette vie qui vous attend sur l'autre continent, connue d'avance, bien planifiée, et de ce compagnon avec lequel depuis des années vous partagez votre lit, lavez la vaisselle et parlez une langue commune lentement construite et remarquablement tendre.

Il vient vous prendre au milieu de la nuit et vous guide jusqu'à des chutes thermales d'une extrême violence. Les phares de la voiture s'accrochent à la buée des corps. Des dizaines d'ombres spectrales percent la brume. L'eau est chaude comme la fièvre. Une main d'homme cherche les fesses de toutes les femmes et lui, plus loin, marche sans hésiter sur les pierres glissantes. Le paysage semble déployé pour prolonger son mouvement. Au milieu de la nuit, au milieu des cascades : il vient s'asseoir près de vous. Vous aviez attendu ce qui arrive maintenant et dont vous doutez comme vous douteriez d'un mirage. C'est-à-dire : pas du tout. C'est-à-dire : tout à fait. Il suffit d'un seul geste pour que votre vie entière se disloque, celui de vous agripper à sa cheville plutôt qu'à la paroi du rocher. Tout votre être retenu par cette cheville d'homme sous l'eau qui galope en hurlant, votre vie s'exporte vers un point obscur et merveilleux – loin de tout lexique disponible.

Le lendemain : à votre grande surprise, vous sortez spontanément du cercle avant qu'il se referme. Vous filez en train, le plus loin possible au nord. C'est sans savoir que la fascination du pays viendra s'additionner à celle du visage et se confondre en elle, sans savoir que vous élargissez le cercle et le rendez davantage propice à vous retenir en lui.

Puisque l'Italie, c'est le fait de trouver une fontaine à l'exact moment de la soif.

Les femmes sont minces dans leurs robes étroites, les hommes les regardent et le jour commence tôt. Le maillet du soleil grimpe sur les murs et en dégage minutieusement toutes les aspérités. La clarté rôde d'est en ouest, elle perdure de janvier à décembre, on s'étonne que les mois soient encore au nombre de douze. Des portes ouvertes et des volets fermés, des restaurants qui débordent dans la rue. La chaleur dévorante de l'après-midi, dans les restes salés du *pranzo*, et le vent, toujours, parfois à peine une maigreur, parfois bedonnant, parfois déchaîné, en une minute transformé en orage, en grêle sur l'été. À l'aube, l'odeur joyeuse du café, vers midi l'odeur tiède des fritures et, au coucher du soleil, le parfum rond des fleurs ensemble, immobile, invisible sous les poussières du ciel.

Les peaux sont foncées, les mains promptes à se poser sur l'autre, à lui serrer le bras, à ne pas l'écouter, ils parlent tous en même temps. Pendant qu'ils rient et inventent de tout petits mensonges, la mémoire s'entasse par-dessus les objets, en épais sédiments qui deviendront des tournesols, qui deviendront, bientôt, cet ocre plat des murs pelés. Ils savent combien l'histoire est longue. Ils savent qu'ils ne sont que la strate vivante d'un peuple accumulé. Ils ne parlent de rien, mais ils parlent dehors. La parole se gonfle sur les places, les femmes sortent en pantoufles pour balayer la rue. La mémoire s'enfle, elle monte jusqu'au ciel incendiaire à quinze heures, guérisseur à minuit.

L'Italie, ce sont les voix secrètes de vêpres dans une église rapiécée comme une âme. C'est le soleil rose et pâle d'un lent dimanche sur une *piazza del Duomo*, le sermon qui s'échappe au-dehors et s'assied sur la terrasse communiste du café voisin. C'est le plus vieux théâtre couvert du monde, avec trois rues de Thèbes dessinées en trompe-l'œil. C'est l'humanisme bleu de Giotto qui bat comme un cœur, immortels regards d'hommes et de femmes sur la mortalité humaine, l'œil douloureux de Judas pendant qu'il trahit le Christ, le plongeon de Jonas dont la robe devient un poisson, c'est l'eau ronde autour de Jean-le-Baptiste et Marie sachant d'avance qu'elle aura tout à perdre.

Ce sont des câpres sauvages poussant sur des murs d'enceinte, que viennent cueillir les enfants avec des échelles. C'est le trou du Panthéon, deux mille ans d'étoiles, de lunes et de pluies. C'est, le 28 mars 1171 à Ferrare, le sang qui gicle de l'hostie, éclabousse le prêtre, tache le plafond et garantit à la paroisse le revenu fixe des pèlerins à venir pour les siècles des siècles. C'est, dans la même église, le miracle véritable du soleil qui découpe une chaise pendant qu'une vieille sœur balaie en écoutant Beethoven.

C'est la désinvolture des siècles qui se superposent, la certitude que le pays de toujours ne saurait disparaître. Des fresques en partance, trois saints manchots, décapités, des visages naïfs striés de plâtre gris, des vêtements à demi arrachés sur un corps manquant. Des lignes sanguines qui courent, obstinées, sur le tissu des robes, traçant d'avance, en retard, la géographie de la couleur à venir, celle de la couleur en allée.

Et, par-dessus la sainte Famille en exil, l'empreinte du soleil qui vient se poser, les bras en croix, et accompagne en murmurant le naufrage de la pierre, le retranchement des images dans une mémoire de plus en plus ancienne. C'est le soleil contemporain, d'une précision extrême et mathématique, qui nous happe dans l'histoire concrète du grain précis des choses.

L'Italie est parsemée de lieux de prière et de vengeance, d'art et de pouvoir. Ses églises ouvertes monologuent à l'oreille du premier venu, vous ne connaissez personne, vous écoutez les églises. Vous observez le ciel fabriqué par des mains et entendez respirer le cœur humain dans l'origine de sa prière.

Vous touchez timidement les personnages en amont d'eux-mêmes et les trouvez fragiles sous le casque usant de la vie humide, fragiles dans l'exacte mesure où nous le sommes tous. Vous avancez dans les lieux de passage vers cette fin certaine et splendide des rencontres en chemise blanche à une table hospitalière. En traversant Venise sans consulter de plan, vous débouchez avec les chats dans la fraîcheur soudaine d'une ruelle avec, au-dessus des épaules, le ciel à peine plus large qu'une ligne à pêche. Le regard n'en finira pas d'apprendre à être un regard. Vous marchez l'Italie, gagnée par la patience des millénaires et heureuse déjà d'une parole, lancée parmi d'autres, rouge et salée comme le premier repas, *buongiorno* – bienvenue dans le pays de tous.

C'est sans savoir qu'en élargissant le cercle de la fascination, vous réduisez d'autant vos chances d'y échapper.

En retrouvant votre chambre à l'auberge, vous constatez que les fleurs du châtaignier sont tombées et qu'en tombant s'est écrasée leur délicate architecture de pétales, de pistils et de sucre. Aux branches, il reste : des boules couvertes d'aiguilles avec, au bout, séchant comme un nombril, l'ancienne tige de la fleur sous laquelle elles dormaient. Les châtaignes ressemblent maintenant à des mines.

Vous ne mangez plus, vous ne parlez plus. Vous n'en revenez pas d'avoir été si rapidement transformée en mousse, en pierre, en explosif. Vous entrevoyez la violence extrême du bonheur à venir et sa fin repliée dans son commencement.

La nuit qui suit votre retour : il vient s'asseoir près de vous dans le jardin de l'auberge. C'est une nuit tiède dans le jardin désert. Il vous demande si vous préférez rester seule, il vous demande si vous croyez en Dieu. Sans attendre la réponse, il fait monter ses chiens dans la Jeep et vous emmène prendre un verre dans un autre village. La lune pleine au-dessus d'un pont. Vous faites le vœu de retenir le temps. Un orage éclate et vous courez ensemble dans la nuit des rues jaunes. Sur le chemin du retour, pendant que la boue gicle sur les fenêtres, il vous adresse un étrange sourire. Puis il vous remercie, vous ne saurez jamais de quoi, peut-être d'avoir pris l'avion jusqu'à lui et de vous être glissée dans l'improbable rencontre.

C'est une histoire comme tant d'autres, une histoire de quatre sous, peut-être, mais une âme vivante se briserait volontiers pour moins cher encore.

Vous ne le voyez ni le lendemain ni le surlendemain. Il se met à l'abri de votre départ imminent. À force d'attendre qu'il apparaisse au détour d'une rue, vous pensez devenir folle. Il connaît des endroits où vous ne le trouverez jamais. Il connaît tous les endroits où il peut vous trouver. Enfin, il revient. Vous passez une nuit dans le jardin. Vous passez une seconde nuit sur le plancher d'une maison vide qu'embaume un romarin. Il déroule un matelas en dessous du désir. Toute la nuit, et jusqu'à ce que les tuiles fleuries du plancher se dégagent de la pénombre, sa main fatiguée marche sur vous, ramène la couverture piquante sur votre épaule, pendant que vous dormez, pendant

19

que vous ne dormez pas. Il te tient tout le temps entre ses mains comme pour ne pas que tu t'envoles. Ses cheveux sont trempés de sueur, il dit en riant que c'est parce qu'il a plu à travers le toit. Il ne dort pas. L'aube se lève sur ses yeux ouverts et il se lève avec l'aube. Sa nudité ressemble à celle d'un enfant : l'état le plus naturel, le plus confortable, le moins honteux. Son corps est trapu, foncé, robuste, ramassé en muscles coussinés, et le ciel à peine éveillé en trace le contour rose par la fenêtre ouverte. Vous partez pour la France. Il croit que vous ne reviendrez jamais et, pour cette raison, il ne demande rien. Il prend sa montre par terre et, avec cette manière brusque qu'il a de se retirer, et qui vous fera tant souffrir par la suite, il vous dit que vous pouvez continuer de dormir ou rentrer à l'auberge, comme bon vous semble. Il s'habille, vous couvre et sort en laissant la porte ouverte.

Contre toute attente, de sa part comme de la vôtre, vous reviendrez. Vous reviendrez parce que, dans la maison vide, il n'a pas dormi. Parce que vous serez troublée par son trouble et par sa nudité projetée dans l'aube, rose, impudique.

Vous partez pour la France. Votre visage est dégrafé. Une cousine vous le dit tout de suite, avant que vous ayez ouvert la bouche, « tu es amoureuse, ça se voit, tu ne sais plus quoi faire ». Vous êtes invitée à la table de toute la Bretagne et n'arrivez même pas à avaler votre salive. Il vous a liquéfiée avec tellement d'aisance. Il a fait très peu pour vous séduire. Mais ce très peu, en face du bouquet secrètement préparé, et depuis si longtemps, valait plus qu'une promesse. Vous voyez son visage sur toutes les mottes de terre de tous les champs d'artichauts et aussi sur le front de la mer, à la pointe du Raz. Votre pensée se dérobe sous cette image effrayante, vous n'arrivez plus à la rassembler en un moment clair et lucide, un moment pendant lequel s'ouvrirait un chemin. Vous prenez votre douche trois fois par jour. La nuit, vous écoutez de la musique les yeux grands ouverts. Vous dépensez des mois de salaire au téléphone avec le compagnon de l'ancienne vie qui vous attend au Québec. Vous lui dites tout. Il vous répond avec des mots que vous croyiez réservés à la littérature : « Pars, je t'aime. Ça me fait mal de te le dire, mais je te souhaite un bon voyage. »

Vous êtes seule, terriblement, dans cette liberté qu'ils vous donnent tous les deux, l'un à force de vous laisser partir, l'autre à force de ne pas vous attendre. Peut-être n'aviez-vous jamais été seule auparavant, sans doute le serez-vous toujours désormais. Vous êtes seule, sans le bien et sans le mal, sans peur ni honte. Vous êtes seule dans la mesure où vous êtes terriblement libre, d'une liberté nouvelle et fracassante, et vous ne savez plus comment formuler votre loi, déroutée comme le serait un esclave affranchi du jour au lendemain. Vous étirez le temps de la décision. À la toute dernière minute, vous repartez pour l'Italie. Trois semaines.

La cousine paie le billet de train. C'est un train qui fonce droit sur la nuit, sur votre nuit, s'y enfonce. Vous ignorez de quoi cette nuit sera faite. Mais vous voulez en avoir le cœur net, le cœur propre et clair comme le soleil dans l'eau.

Cette semaine-là, le nord de l'Italie est inondé. Le train doit changer de trajectoire et, à l'aube, un homme ouvre hystériquement la porte de votre compartiment et vous réveille, il vous fait descendre en gesticulant dans la langue que vous ne connaissez pas encore, il répète « *alluvione* » en pointant du doigt une carte géographique et longtemps, pour cette raison, vous croirez qu'*alluvione* veut dire fleuve. Vous courez sur le quai, répétant à tous les contrôleurs le nom d'une gare et finissez

21

par aboutir, essoufflée, sans billet, dans un autre train, puis sur le quai de la gare où il doit vous attendre.

Vous téléphonez trois fois chez lui, mais il n'y est plus. C'est un jour de grand vent et il est sur le lac avec sa planche à voile, pendant que vous l'attendez sur le quai désert, comprenant à demi, sans pourtant vous l'avouer, que vous l'attendrez toujours. Comprenant à demi que cela, le fait de souffrir dans l'attente, aura finalement peu d'importance en regard de l'amour fou. Vous fumez coup sur coup quatre ou cinq cigarettes que vous écrasez dans l'herbe près d'une fontaine. Il fait chaud, il vente. Un homme au visage balafré s'approche, vous l'envoyez au diable. Il arrive tard, sans sourire, les cheveux mouillés par le lac. Loin sur la route, il murmure enfin, sans vous regarder : « Je suis content que tu sois revenue. » Il y a des coquelicots, soudain, en dessous du grand ciel.

Cette nuit-là et toutes les nuits suivantes : vous dormez dans ses bras. À cinq heures, tous les matins, il s'habille sans vous réveiller et quitte l'auberge à pas de loup. Les journées sont longues et torrides, vous marchez seule dans le village et, à l'heure où les gens rentrent du travail, vous vous lavez dans la salle de bains bleue, toutes fenêtres ouvertes, avec un savon qui sent l'abricot – et dont vous garderez un morceau en prévision de votre vieillesse, quand vous aurez besoin d'un souvenir qui n'ait pas vieilli.

Chaque soir : vous l'attendez dehors, tandis que, sous le jour déclinant, le vent travaille à édenter les fleurs et que le monde devient un grand panier d'oranges parmi lesquelles vous choisissez une chaise. Vous écoutez les voix, mêlées, touffues dans la langue étrangère et, de temps à autre, un mot que vous connaissez saute comme un poisson. Vous savez qu'il viendra, mais vous ne savez pas à quelle heure. Les soirs sont comptés. Un jour, vous lui avez demandé ce qu'il avait vu en vous. Il avait répondu : « Tellement de choses. » Vous aviez dit : « Nommes-en juste une. » Il avait nommé la sérénité. Cette réponse vous avait surprise, vous le lui aviez dit. « C'est une question de temps », avait-il répondu. Pendant que vous l'attendez, il y a cette sérénité avec vous, assise à côté de vous. Elle est triste et étrange, et il l'a vue le premier.

Il arrive tard, vous emmène souper et vous fait rire. Après le souper, il vous suit jusqu'à votre chambre. Parce que vous êtes une visiteuse imprévue au plus fort de la saison touristique, on vous fait changer de chambre plusieurs fois. Vos lits ne sont les lits de personne, ce sont des lits empruntés, grinçants, inconfortables. Vous posez le matelas par terre pour ne pas faire de bruit. En se couchant contre vous, il parle plus lentement. La chambre, la fenêtre, son visage, le matelas se confondent dans la pénombre. Vous ne voyez que l'éclat lunaire de ses dents qui vous mordent en souriant pendant que la sueur remonte le cours de sa peau. Tes mains sont ses mains sont les tiennes. Tout se fait en silence sur le plancher des chambres. Il travaille à briser ta vie en la rendant possible – un jour tu seras là où ici doit être.

Toutes les journées : vous les passez seule, silhouette qui bouge dans l'attente, à travers le bruit des voitures et la voix furtive du lac. Au lavoir, les femmes bavardent en battant les vêtements de leur mari sur la pierre. Au fond de l'eau claire du rinçage, les dépôts de savon se découpent en morceaux d'ombre qui tremblent au soleil. Dans l'eau, les vêtements s'étirent, comme émergeant lentement d'un profond sommeil. Derrière le château, elles étendent le linge sur une corde très longue, tellement longue qu'il faut la soutenir au milieu avec une branche en forme de fronde. L'installation a l'air terriblement précaire et, pourtant, à mesure que les vêtements tendent leur joue molle à l'approche du vent, la fronde se balance sans rien dire, comme un pendule à l'envers de la gravité. Vous tendez votre propre joue, et des événements tièdes y passent, comme ce vieillard qui vous dit sans vous connaître : « Il faut vivre tous les jours comme le dernier et bien dormir le soir. »

Vous avez dans votre sac une grammaire italienne que vous vous appliquez à décrypter. Au bord du lac, tous les matins, vous choisissez l'endroit le plus laid parce qu'il est à l'ombre et parce qu'il n'est à personne. Appuyée contre un mur de ciment, vous ouvrez votre grammaire, y reconnaissez les mots de la veille et apprenez d'autres mots que vous reconnaîtrez le soir même dans la bouche des gens. La langue se laisse pénétrer, elle offre à peine la résistance du beurre, comme si elle se pliait à l'urgence d'être apprise.

Lorsque vous sortez avec lui, il converse avec les autres tout en gardant, sous la table, une main sur votre genou. Il vous invite un soir à la fête du château. Le long d'une rue étroite est dressée une table au-dessus de laquelle oscillent des lanternes chinoises de toutes les couleurs. Le vin arrive dans des cruches, les pâtes, la salade, la viande dans des casseroles colossales. Les gens se querellent, s'embrassent, se penchent aux fenêtres, les enfants courent sous les tables, sur les tables, partout. Guidée par sa main sur votre genou, vous vous apercevez ce soir-là que vous comprenez l'italien.

Vous ne faites rien d'autre que cela, marcher, étudier la langue, dessiner, l'attendre, le détester pour cette attente et lui sourire, pourtant, dès qu'il arrive. À force de ne rien dire, à force de ne rien faire, sauf le soir, sauf l'amour, vos sens s'aiguisent abruptement. En écoutant l'eau, vous arrivez à effacer les limites de votre peau et à passer dans le grand corps du lac. Vous voyez, avec une effroyable précision, le squelette d'un arbre se découper contre le ciel de six heures. D'une poignée de sable, vous sentez chaque grain s'échapper entre vos doigts ouverts. Vous repérez l'odeur froide du vin cuit et, un peu partout, celle du détergent qu'utilise sa mère. Vous examinez la lumière toujours différente, vous la voyez de mieux en mieux dans tous ses états possibles, vous la voyez encore dans la nuit lorsqu'elle rampe. Derrière vos sens aiguisés à l'extrême, se tient debout, pour la première fois, le temps présent, et il a deux bras comme ceux des baleines.

Pendant les années qui vous séparent de l'enfance, vous avez vécu dans l'attente du temps présent, qui n'arrivait jamais. Pourtant, pendant que l'âge marche sur elle, l'enfance reste là, fidèle, toute proche, prête à parler sa langue fébrile pour peu qu'on se penche. Parce que vous saviez l'enfance toute proche, vous attendiez que le temps redevienne ce qu'il avait été alors : le présent, l'éternité. Vous attendiez avec application, en prêtant attention à une foule de détails, mais vous n'aviez qu'un succès relatif, semblable au succès obtenu par l'étude des livres. À cause de lui, maintenant, qui pose des montagnes au lieu des cratères et des lacs aux endroits les plus arides du globe, à cause de lui, brusquement, ce talent de l'enfance vous revient, intact. Vous savez que vous repartirez. C'est pour bientôt. Il reste cinq jours, puis, le lendemain, quatre. Il y a la paradoxale coïncidence des jours qui passent et du présent retrouvé. Vous êtes là, au milieu, sous forme d'alambic, à distiller le temps pour en capter l'essence.

Il vous parle souvent de sa mère, avec qui il habite. Il ne vous emmène jamais chez lui.

La tension du bonheur à perdre vous prend dans un *crescendo* continu. Vous espérez secrètement qu'il vous demande de ne jamais partir. Mais parce qu'il est ainsi fait pour ne rien dire de trop, il ne dira jamais assez. Il estime que la vie passe par-dessus les pensées et que c'est en passant qu'elle devient ce qu'une vie doit être. Les derniers jours, on vous installe dans un dortoir immense et désert, dans une aile de l'auberge réservée pour une semaine à des malades mentaux. Elle est sombre, les pas y résonnent et les voix passent d'un étage à l'autre, déformées par l'écho. Folle parmi les fous, vous sentez votre pensée déraper sous elle-même, former chaque seconde des projets incongrus, comme celui de rester encore un autre mois, comme celui de partir le plus vite possible, comme celui de mourir ou de faire un bébé. Les réveils sont vertigineusement douloureux. Ils vous surprennent dans le creux qui, en dormant, oublie de se défendre et de fermer son poing. C'est le creux qu'il a conquis, ce lieu d'une infinie fragilité. C'est là qu'il vous laisse décider de tout. Votre folie, vous la voyez faire, se nourrit beaucoup d'elle-même et à peine de lui. Il fait toujours aussi peu, mais le peu qu'il fait vous le transformez sans effort en poème, en tragédie grecque, en mythe cosmologique. Vous voyez cela et vous continuez, parce que votre propre folie vous fascine, autant que son corps, autant que son pays.

Il dort, bien sûr, la dernière nuit, quand vous vous décidez enfin. Vous préparez les bagages en écoutant les pas d'un fou dans le couloir. L'avion décolle de Paris. La valise est toujours aussi lourde. Il vous faudra prendre un train qui part de Florence, rejoindre Florence à partir de la gare la plus proche et rejoindre la gare avec l'autobus qui quitte chaque matin le village avant le lever du soleil. À quatre heures, vous le réveillez. Il voit la valise. Il vous parle en italien, puis répète en français.

« N'oublie pas », dit-il.

Vous promettez. C'est une promesse superflue. Tout est gravé comme sur du bois, du cuivre, du marbre : les fleurs du châtaignier, le vent dans la crypte et l'indolence des vêtements dans le bassin du lavoir. Son visage à lui, cette lumière révélée d'un coup dans son abrupte nudité, et la sérénité promise, la vôtre, votre sérénité possible.

Vous prenez l'autobus, le premier train, le second train. Entre Florence et Paris, la nuit est terrible. Il fait chaud. Le vinyle de la couchette vous colle aux cuisses chaque fois que le drap glisse. Les draps glissent toujours sur le vinyle. Dans votre demi-sommeil monte, cauchemardesque, le bruit des autres passagers qui conversent et s'esclaffent dans les vapeurs surchauffées de l'alcool. Un prêtre romain parle lentement, pense lentement, un Anglais s'écoute ne rien dire entre ses lèvres molles et son bec de lièvre, trois Américains sautent d'un sujet à un autre, en surface de tout, pendant que vous luttez contre le diable et que les kilomètres crissent sur le trajet des rails. Vous vous levez et sortez du compartiment. Vous voudriez avoir quatre-vingt-trois ans pour échapper à l'inévitable et vous préparer calmement, sur une chaise berçante, à dormir pour longtemps. Il n'y a pas d'espace pour pleurer. Près des toilettes, les portes s'ouvrent dans votre dos, dans le corridor, on vous bouscule. Vous appuyez votre tête contre la vitre à travers laquelle, dans un fracas métallique, défile le pays fabuleux puis, une fois franchie la frontière française, le pays de votre père, qu'il a quitté trente ans plus tôt, par amour. Vous partez pour clore la vie ancienne. Vous ne savez rien d'autre. Vous ignorez si, en prenant le train de nouveau, vous avez perdu l'amour ou l'avez préservé. En sortant des toilettes, une Hollandaise croise votre regard rouge et fait un sourire entendu, désolé, l'unique présence de toute cette nuit-là.

À Paris, vous prenez l'avion. À Montréal, vous prenez dans vos bras l'autre qui pleure et vous déshabillez ensemble votre maison, la coupez en deux parts rigoureusement égales que chacun déménage pour lui-même, ailleurs. Vous gardez le Scrabble et le livre de recettes marocaines, l'autre emporte Bescherelle et madame Benoît.

Les premières semaines, vous les passez à l'intérieur, parmi les boîtes fermées, à attendre le moment où vous aurez le courage de choisir un livre et de vous oublier en lui. Cela dure tout l'été. À la fin de l'été, vous vous apercevez que l'argent manque depuis longtemps déjà. Vous prenez n'importe quel emploi, vente ou sondage par téléphone, vous faites n'importe quoi. Vous lui écrivez toutes les semaines, il ne répond jamais. Pour vous-même, vous écrivez aussi : *La distance entre les êtres qui pensent l'un à l'autre, qui ne savent pas où est l'autre, ce qu'il fait, qui ont confiance et qui perdent confiance, est un fait extraordinaire. Il faut absolument que j'arrête de fumer.*

Septembre passe ainsi, en octobre vous cessez de fumer. Tout vous semble parfaitement plat et dépourvu d'intérêt. Au début de novembre, vous cessez de lui être fidèle. À la fin de novembre, il vous téléphone. Par le téléphone, en une seconde à peine, son pays entre dans votre cuisine et creuse de nouveau la dimension perdue. Vous redevenez hier, dans le panier d'oranges, sur une route boueuse où éclate l'orage. La voix porte des fleurs dans le début de l'hiver. Il vous invite à revenir, vous refusez et raccrochez précipitamment. Vingt-quatre heures plus tard, vous empruntez l'argent que votre frère économise en prévision des impôts et vous achetez un billet d'avion. Vous recommencez à compter les jours.

Vous passez décembre dans un appartement à trois étages qu'il loue pour vous au centre du village et dans lequel il vous laisse seule tout le jour et parfois même la nuit. Il fait froid, humide et gris. Vous ne le voyez presque jamais et ne comprenez pas son absence. Ni l'un ni l'autre ne trouvez la façon de rassembler les morceaux de l'été précédent, engloutis par le mutisme de l'automne, dissous dans la colère et l'infidélité. Pourtant, votre fascination pour lui s'enfonce comme un clou, vous êtes à la fois surprise, heureuse et rompue, incapable de vous déchiffrer vous-même, tournant en rond sur les trois étages de la maison froide, dans le village pluvieux, chaque jour plus frileuse d'âme et de corps, chaque jour plus confuse. Vous le trouvez magnifique. À force de les répéter pour vous-même, vous usez dans votre tête les rares mots déposés pour vous entre les draps obscurs, vous les effeuillez un à un et vous les mesurez, afin de déterminer s'ils suffiront ou non à combler son absence. Ils ne suffisent jamais.

Une nuit, la colère vous réveille en sursaut. Vous vous habillez dans l'obscurité et allez jusqu'au port, où il vente assez pour dévisser les algues. Vous hurlez. Emportée par le grand bruit de l'eau, votre voix sombre, inaudible. Vous vous rendez chez lui. Vous ignorez l'adresse, mais vous reconnaissez les rosiers noirs dont il vous a parlé et ses chiens vous accueillent avec une joie délirante, parfaitement déplacée. Une lampe s'allume. Il sort en pantoufles et en caleçon. Avec les paroles les plus dures que vous connaissez dans sa langue, et que vous avez d'ailleurs apprises de lui, vous le changez en statue de sel et le laissez planté là, debout entre les rosiers de sa mère, dans la rumeur glaciale du lac. Vous êtes folle de lui. Avec cette folie aiguisée par l'absence comme la lame d'un rasoir, vous voudriez le vider de son sang. Il ne répond rien, il accuse le retard habituel entre sa pensée et son expression, pendant que vous tournez les talons et regagnez d'un pas sec votre maison humide. Vous l'avez démoli. Il vous le dira, mais beaucoup plus tard.

Il neige sur le village, pour la première fois depuis quarante ans, cette nuit-là, précisément. La neige s'accroche aux pierres rugueuses des murs médiévaux comme des champignons sur le tronc des arbres. La neige monte jusqu'aux yeux des fenêtres, ouvertes de temps à autre par quelqu'un qui tend la main pour vérifier si c'est bien vrai. Vous avez l'impression futile qu'il neige pour vous, pour que vous puissiez recommencer à écrire votre histoire sur une page blanche. Vous avez l'impression que le ciel s'efforce de rendre vos pays semblables. La neige appelle un sourire familier comme une cloche d'école. Il vient vous chercher vers midi, balbutiant. Vous acceptez de le suivre jusque chez un ami dont les tuyaux sont gelés.

L'habitude de la neige rend les activités humaines à leurs justes proportions. Les habitants du village n'ont pas cette habitude. Les femmes restent à l'intérieur, les bras croisés, les sourcils froncés, et craignent pour leurs hommes des périls inédits. Les hommes sortent sans chapeau, des blasphèmes fusent entre leurs oreilles gelées. Ils s'entêtent à prendre leur voiture, patinent sur la route et vont se perdre dans un mètre de neige. Avec un ricanement nerveux, ils enfoncent l'accélérateur, puis renoncent en claquant la porte et retournent à pied chez eux où leur mère, exceptionnellement, sort d'elle-même la grappa de l'armoire. Seuls les enfants et les chiens semblent comprendre de quoi la neige est vraiment faite. La neige est faite d'eau transformée en congé scolaire, en parc d'amusement à l'échelle du village, c'est une abeille qui fond sur la langue, la disponibilité soudaine des deux parents à la fois. Les enfants courent avec les chiens en poussant des cris, se roulent par terre et s'en mettent plein les bottes.

On compte sur le soleil pour déneiger. Chauffage et plomberie sont gelés, les lignes électriques démissionnent. Vous faites avec lui une grande tournée de dépannage à travers le village. Il passe la journée à expliquer qu'il faut laisser couler un filet d'eau et à moraliser les clients qui ont refusé d'investir dans un meilleur système. En lui offrant l'occasion de donner un coup de main, la neige lui permet aussi de faire une tournée promotionnelle. Il ne fait payer personne, parce qu'il sait, en allant chez Giuseppe, qu'il se garantit l'acquisition facile du prochain permis de chasse et, en allant chez Massimo, qu'il obtiendra des semences gratuites pour le jardin de sa mère. Vous observez tout cela et comprenez qu'il évolue dans un espace restreint où chacun se trouve lié aux autres par une sorte de consanguinité économique, par le sécurisant fardeau de la survie commune, par une dette archaïque dormant derrière chaque fenêtre du village, derrière chaque visage.

Dans la cour de l'auberge, où vous allez finalement prendre un café, on a creusé à la cuiller un chemin juste assez large pour une paire de jambes et dont les bords s'effondrent au passage. Après le café, vous allez au port. Il fait déjà nuit et il neige toujours. Le ciel est d'un bleu étrange, comme si la terre blanche allait le forcer à parler. Les mâts tintent contre le vent, avec un bruit plus cristallin que d'habitude. Il fait courir ses chiens blancs dans le port blanc entre les balles de neige.

La tempête dure deux jours. C'est à cause d'elle, peut-être, que vous devenez inséparables, ou à cause de la colère purgée. C'est aussi à cause du vertige que vous prenez l'un de l'autre et que ni le silence, ni la distance, ni la colère n'arrivent à tempérer. Il vous prête un manteau et des bottes, il se tient proche de vous et, sans s'excuser de rien ni rien expliquer, il vous reprend doucement dans le cercle amoureux et vous vous laissez faire, parce que c'est bon ainsi, parce que la force qui vous pousse vers lui arrive de très haut et que vous donnerez tout pour la laisser agir.

Quand la neige a fondu, vous rentrez au Québec. Vous lui écrivez chaque semaine, chaque jour, chaque heure, chaque minute, pendant sept mois. Vous écrivez à propos de tout et de rien, mais ne parlez en fait que de cela, de la distance entre vous et de la lenteur du temps. *Je voudrais te dire des choses que je ne sais pas dire dans ta langue et que tu ne peux pas lire dans la mienne, des choses qu'en attendant, il faut peut-être taire, afin qu'elles nous veillent en secret, afin qu'en deçà de nous, elles prennent soin de la route que nos âmes empruntent l'une vers l'autre, aveuglément, afin qu'un jour, finalement, nos continents s'absolvent.*

Il vous appelle une fois par mois, à huit heures précises le samedi matin. La conversation dure sept ou huit minutes, à peine le temps de reconnaître la voix et d'ajuster la langue d'usage, le temps de comprendre qu'il existe vraiment, qu'il existe toujours et qu'à cause de vous, il est insomniaque. Obsédée par ses appels, vous développez un intérêt scientifique pour le fonctionnement du téléphone, celui des satellites et des câbles en général. Obsédée par lui, vous ne faites aucun geste sans le lui dédier secrètement, ne prononcez aucune parole sans souhaiter qu'il l'entende.

On peut écrire cela, c'est une phrase facile à écrire : « Vous l'attendez. » Mais l'attente suffit pour inventer la roue, traverser le Moyen Âge, produire la Renaissance, miser sur la modernité puis renoncer à tout, fermer le millénaire comme on ferme un mauvais livre, en ne le rouvrant plus que pour en faire du feu. Lorsqu'un jour il vous invite à revenir chez lui, vous acceptez.

Vous ne voulez plus d'un départ qui contienne un retour. Vous laissez votre emploi et votre logement, pulvérisez votre compte bancaire, donnez plusieurs objets et entreposez le reste, vous saluez vos amis. Vous le faites avec une amère lucidité, pressentant que vous vous envolez vers l'échec, mais sachant aussi, d'un savoir puissant, que l'échec probable se double d'une obscure vérité. Pour cette vérité qui passe à portée de la main, vous videz le monde familier et remplissez de nouveau la valise. Pour cette vérité, bien plus que pour lui, vous décidez de partir et de vous tenir en équilibre sur la crête instinctive, sans rien derrière ni rien devant, et sans filet pour prévenir les chutes.

Vous prenez l'avion le premier juin. Vingt-sept ans après votre naissance, cinquante-deux ans après Hiroshima, quatre cent quatre-vingt-quinze ans après que Michel-Ange a sculpté son *David*, quatre mois avant que votre filleul naisse. Vous prenez l'avion, ce serait un événement sans importance si de tels événements existaient. De tels événements n'existent pas.

Pendant un certain temps, j'ai cru que cette histoire serait toute ma vie. Peut-être n'avais-je pas tort. Cette histoire, aussi brève soit-elle, m'acheminait vers le point précis où vivre doit faire l'objet d'une décision. Tu rendrais tout possible en me donnant l'espoir du monde comme en me l'arrachant. Tu rendrais tout possible en rendant tout impossible, tout, sauf l'éreintant souvenir de la joie extrême.

Je voudrais faire de cette histoire un objet et que cet objet soit un livre. J'y changerais tous les noms, sauf celui des chiens. Ainsi je pourrais la poser quelque part, dans ma chambre peut-être, mais à l'extérieur de moi, et je pourrais fermer les yeux pour dormir.

Et je pourrais dormir.

Ces mots ne durent que le temps de te perdre.

I

Le lieu possible

La beauté nous rend seuls. Elle nous rend responsables de soutenir son passage et d'être des témoins dignes d'elle.

Je ne cherche rien d'autre.

Le problème est celui de la disparition. La beauté s'en va toujours. Enfant, je désirais être à la hauteur de ce départ et je sentais très fort que, pour cela, je devais faire quelque chose de la beauté, peut-être une chose qui ne meure pas. Mais toutes les choses périssent et c'est en l'apprenant que nous sortons de l'enfance.

Le problème demeure intact. La joie pesante de la beauté ne sera nulle part ailleurs qu'en elle-même et elle me laissera seule, ici, à n'être que moi-même traversée par elle, si je n'en fais rien.

Si je ne fais rien de la beauté.

Marco a trente-sept ans lorsque Marianne le rencontre, il boit un *amaro* dans un verre étroit, porte un t-shirt blanc, une barbe longue.

Il habite un village sur une colline au bord d'un lac. La pierre est ocre et grise, le lieu se dessine à partir de ses murailles et semble vouloir se hisser au-dessus d'elles. Du point le plus élevé, derrière les créneaux du château, surgit la façade triangulaire de l'église, avec son clocher de droite et le fantôme de celui de gauche, tombé pendant la guerre. À partir de la place centrale, où planent les gammes d'enfants peu ambitieux s'exerçant sur le piano municipal, on accède à d'étroits labyrinthes percés de portes et de fenêtres aux endroits les plus incongrus. Des sous-vêtements de soie sèchent bien en vue, des plantes montent les escaliers, des icônes trônent dans des niches creusées à même les murs, vierges de plastique, fleurs artificielles, portraits de saints écornés par la pluie. Des chaises de paille échevelées traînent, semées au hasard. Par toutes les ouvertures de ce qui semble une seule immense maison se font entendre des rires et des éclats de voix, des postes de radio, des *soaps* américains doublés, et les mêmes figures obstinément impassibles devant l'étranger s'animent et s'exaltent en compagnie des voisins. Le village est rond, il est clos, mais trois belvédères s'ouvrent sur le lac, et le promeneur non averti y plonge dans un vertige venteux, comme s'il recouvrait violemment l'usage d'un poumon.

Plus haut, dans l'herbe folle de la colline, des ruines romaines révèlent un passage souterrain, lieu de cultes orgiaques, un puits rempli de fougères, un autel et le tracé net de ce qui fut un temple, avec des marches pointées, monumentales, vers le plus haut du ciel. Tout près, dans le cimetière, des pierres tombales affichent obstinément les trois mêmes noms de famille et le portail grince comme les genoux du gardien qui vient l'ouvrir en mangeant des bonbons.

Une allée de platanes centenaires descend, de villa en villa, jusqu'au lac au fond duquel, selon la légende, se trouve une ville étrusque engloutie. Les pêcheurs de métier partent la nuit avec un bonnet de laine sur la tête et rentrent vers neuf ou dix heures. Leurs barques sont inspirées du modèle étrusque, en bois avec un fond plat et large qui les empêche de chavirer. La proue est effilée, la poupe large et Marco les trouve « belles comme des cuisses de femme ». Le lac, volcanique, est limpide et bleu, tiède. En septembre, il se retourne sous la tramontane et son fond glacial s'installe en surface. Il appelle chez les villageois un respect craintif et un attachement jaloux. Chaque année, en moyenne, deux touristes s'y noient.

Le village a pour patron un petit saint dont le martyre est reconstitué chaque année sur la place publique. On l'écartèle devant le bar central ; quand le sang coule sur sa robe blanche, la foule frémit, quand il refuse d'abjurer, elle applaudit. Lorsqu'il succombe enfin, des anges viennent le chercher, musclés, bronzés, torse nu, jambes à l'air, sous une pluie de pétales.

Marianne rencontre Marco un soir, au bar de l'auberge. Le lendemain elle voit pour la première fois la lumière sur son visage.

Enfant, je me couchais dans l'herbe et, avec le tuyau d'arrosage, je saturais la terre d'eau. J'aimais l'odeur de l'univers grouillant et de la vie qui monte avec calme dans le vert des tiges. C'était celle, je l'ignorais alors, de la maison que vous étiez en train de fermer et que tu déverrouillerais, plusieurs années plus tard, pour que nous y passions la nuit.

Il y a les heures passées à t'attendre, puis à cesser de t'attendre.

Il y a les heures passées à te laisser disparaître.

Tu m'as rendu le ciel plus large et plus proche. Tous les jours au réveil, je t'en remercierai.

Lorsque Marco demande à Marianne de venir vivre dans son pays, il fait réinstaller l'électricité dans la maison de son enfance que plus personne n'habite depuis qu'il en a construit une plus spacieuse dans la partie neuve du village. Marianne connaît la maison vieille sans l'avoir jamais vue. Elle y est entrée déjà, pour s'y coucher par terre et pour ne pas dormir. Elle n'en connaît que des odeurs, celle du romarin qu'elle a frôlé de l'épaule à l'entrée du jardin, celle d'une pièce sombre, de l'Europe qui dort, de la terre qui boit la pluie, des caves humides ; l'odeur palpitante de la peau de Marco, l'odeur d'acier de sa sueur, celle, blanche, de son mutisme.

Quand Marianne décide de venir vivre avec Marco, il ouvre les fenêtres et l'humidité s'éparpille au-dehors.

La maison est calée au fond d'un jardin encombré et pressée de tous les côtés, à droite, à gauche, au-dessus, en arrière, par d'autres maisons semblables, négligées sous le ciel clément, avec un toit plat, d'étroites fenêtres et des murs dont le crépi s'effrite par plaques. Toutes ces maisons, il y a longtemps, appartenaient au grand-père de Marco, un pêcheur particulièrement prospère qui fit sa fortune en envoyant d'autres hommes du village remplir pour lui leur barque d'anguilles et de corégones. Il parlait du nez, buvait fort, blaguait toujours et fumait trop. Dans sa jeunesse, un jour de tempête féroce, il s'embarqua pour l'une des cinq îles, où il séduisit une jeune fille qu'il ramena au village pour l'épouser aussitôt. Lorsqu'il fut vieux et sourd et que l'un de ses petit-fils vint lui présenter sa fiancée, il se mit à pleurer parce qu'il ne pouvait pas entendre sa voix. Il mourut en jouant aux cartes, avec une donne spectaculaire entre les mains. Dans les maisons emboîtées, il fit habiter sa descendance mais, avant de mourir, il les vendit une à une. Marco acheta la maison dans laquelle il avait passé son enfance avec son père, sa mère, son frère, ses grands-parents et une tante. Les Allemands y ont aussi séjourné pendant la Seconde Guerre mondiale.

La maison est vide, maintenant. Elle n'abrite plus ni les cris des enfants, ni le récit des chiens, ni l'aboiement des Allemands, ni la table sous laquelle le frère de Marco l'attachait en cachette. La tante à moustaches est internée et le grand-père est mort. La maison vide a trois fenêtres, deux portes et l'ombre mouvante de ceux qui l'habitèrent circule parfois sur les douze coups de midi. Marco n'en dit rien, mais Marianne sent qu'on la pousse dans une inviolable intimité. Il n'y a pas de table, de chaise, d'eau chaude, de gaz. Il n'y a que ce malaise, une base de lit et, dans la chambre, un rideau, voulu par sa mère afin de protéger leurs ébats de la curiosité des voisins. Quant à l'armoire qui vient de la grand-mère, on lui recommande de ne pas y toucher.

Quelques semaines après l'arrivée de Marianne, Marco, soudain fatigué de faire le fakir sur les ressorts du lit, décide d'acheter un matelas. Il prend la Jeep et se rend en ville. Il choisit un matelas matrimonial plus large que le toit de la voiture. Sur le toit, pourtant, il le ramène au village, s'assurant à tout moment, en le tâtant de la main gauche, qu'il ne va pas s'échapper. Le matelas trouve sa place au milieu de la chambre, il se dédouble dans le miroir de l'armoire où Marco aime voir son propre reflet portant celui de Marianne au sommeil. C'est un matelas plus large que la voiture, plus large que le village, il arrive qu'il déborde les vignobles et l'univers entier, c'est un matelas volant. Il devient le cœur de la maison, son battement. Marco le quitte à cinq heures tous les matins, fatigué d'avance de sa trop courte nuit.

Autour, devant, derrière, sur les côtés et au-dessus, habitent des tantes, des oncles et des cousins de Marco. La tante du dessus cogne à la porte le premier matin et, sous prétexte de chercher un chaton, elle vient résoudre le mystère de l'électricité revenue après dix ans de pénombre. Ce midi-là, la mère de

Marco sait déjà que la tante a vu Marianne, elle sait déjà ce qu'elle en pense. C'est une famille de pêcheurs professionnels. Avec les fils du téléphone dans lesquels voyagent les maigres informations obtenues par un travail soutenu d'écoute à travers les murs et d'observation aux fenêtres, ils tissent des filets. Ces filets sont invisibles. Marianne, qui a la naïveté de se croire libre de tout, ignore encore que le lieu est hanté et qu'il appellera un autre espace, le sien, le plus grand, le plus petit, l'espace sans meubles où la voix résonne en se cognant la tête au mur.

Car la maison garde une vérité froide et impossible à embrasser qui se tiendra devant elle chaque jour, chaque nuit et, à chaque réveil, la surprendra avec une acuité brûlante d'azote liquide, une vérité, la seule, avec des coins abrupts et une voix rompue d'ange las : celle du noyau de sa solitude. C'est précisément en faisant craquer ce noyau, pleine d'espoir, que Marianne le découvrira vide, vide d'un vide venteux qui traverse le corps et efface l'âme, qui ôte des mains tous les outils de la joie. Elle commencera à écouter de la musique, alors, pour la première fois peut-être, elle écoutera vraiment la musique, c'est-à-dire en ayant besoin d'elle. Elle se couchera sur le grand matelas, l'après-midi – personne ne la cherche, personne ne la requiert –, elle écoutera des requiem qui ouvriront des cathédrales de verre et elle s'endormira à demi, hors du temps, dissoute enfin dans le chant qui la sauve et l'arrache un moment à son agitation. Elle sera toujours surprise que la musique expire, que ce ne soit finalement qu'une cassette de soixante minutes et que le réel, douloureux, s'écrase de nouveau sur elle, comme une masse, dès que le silence reprend ses droits.

C'est ainsi qu'elle succombera de nouveau à la cigarette.

L'étroit cul-de-sac, rose le matin et vert la nuit, porte le nom d'un grand navigateur. Dans le jardin de Marianne il y a un prunier, chez le voisin de gauche un poirier, plus loin deux oliviers et un pêcher, plus loin encore des vignes grimpant sur des treillis de bois et, tout au bout, un bosquet de mauvaises herbes, de roses et de figuiers. Une source souterraine passe dans un canal troué par chaque famille pour y puiser de l'eau, ouvrage digne de la Rome antique grâce auquel on arrose les fleurs sans augmenter ses taxes. Les soirs venteux de juillet, chaque jardin dépose dans les feuilles sa résonance propre, plus ou moins sourde, plus ou moins libre, plus ou moins chargée de fleurs et d'huile, parfois cristallisée dans les voix des enfants ou interrompue par les grognements du caniche qui ne reconnaît jamais personne. Les résidants cueillent au même figuier, saluent le même enfant et font taire le même chien, comme s'ils faisaient partie d'un ensemble commun, comme s'ils partageaient un secret qui ne tient en fait qu'à une clef au fond de leur poche.

Le village est traversé par l'une des routes les plus anciennes d'Europe. Les automobilistes roulent vite. De temps en temps, sur le bord de la chaussée, de poussiéreux bouquets de plastique commémorent un décès, composant une espèce de chapelet clairsemé, anonyme. Lorsqu'ils arrivent de l'extérieur, et même s'ils ne se sont éloignés que pour quelques heures, les gens du village ne peuvent s'empêcher de faire le détour rituel qui part de la grande route, descend l'avenue des Platanes, longe le lac et remonte vers la route. La promenade du lac est parsemée d'une myriade de bars. Comme une connaissance s'est forcément arrêtée dans l'un d'entre eux, ils s'arrêtent aussi, ou ils klaxonnent. Souvent, la sortie du soir ne consiste qu'en ce tour du quadrilatère, toutes vitres ouvertes, à scruter les terrasses.

Au bord du lac, en retrait, se trouve une plage de cailloux colorés, de débris d'assiettes et de verre, de tuiles polies ; au large, la cabine d'un yacht à demi coulé sert de tremplin aux enfants. Un pin maritime trempe sa tête, raide, plié comme par un terrible mal de ventre et rattrapé dans sa chute par un poteau de métal. Dans un parc, une balançoire, une glissoire, une fontaine et des bancs, en plus d'une horloge toujours à l'heure, la seule horloge ponctuelle du village et qui donne l'impression que le temps, figé ailleurs, ne se remet en marche qu'à cet endroit précis, devant les jeux des enfants surveillés par des vieillards. En face, tout l'été, s'installe un parc d'amusement. Ses quelques manèges rouillés font un terrible vacarme. De temps à autre, un couple d'adolescents vient s'embrasser sur les sièges volants que l'opérateur fait tourner pour eux et qui passent si vite que personne ne les distingue et qu'eux-mêmes ne distinguent pas, sur le visage de l'autre, le trouble joyeux de la proximité. Un lieu dérisoire, artificiel, un éden temporaire – au fond du terrain, on voit les deux camionnettes magiques desquelles il a surgi et dans lesquelles il disparaîtra aux premiers jours de septembre.

L'avenue qui longe le lac est gardée par des pins. Le soleil tombe comme une poudre, semblable à la lumière des peintures de la Renaissance, blanche dans la perspective lointaine, jaune dans la proximité. Les arbres sont plantés au hasard, sans alignement, parasols géants desquels pleuvent les épines. Entre la rue asphaltée et le tapis d'épines, pas de trottoir, pas de bordure, rien qui signale la limite entre la rue et le reste, et, en fin de compte, tout est la rue, rien n'est la rue, les promeneurs circulent sur l'asphalte et les voitures entre les pins.

Le port consiste en quelques ronds d'huile flânant entre des yachts de plaisance et une douzaine de voiliers. À l'écart est amarrée en permanence une barque sans couleur précise, dans si peu d'eau qu'on voit son ombre sur la vase. Une barque orpheline et honnête. Sur son flanc pèlent les strates de peinture qui témoignent de son âge comme les anneaux des arbres. Des familles de canards viennent voguer près d'elle et des familles humaines viennent observer les familles de canards. Quant aux barques impeccables des pêcheurs, elles sont amarrées sur le quai de droite, chaque jour dans un ordre différent selon l'heure à laquelle elles sont rentrées. Elles portent toutes un nom de femme, qui n'est pas toujours celui de la femme du pêcheur. Maurizio, par exemple, a racheté la barque du frère de sa femme qui porte, à son grand désespoir, le nom de sa belle-mère. Les barques de Massimo et de Sergio s'appellent toutes les deux *Anna Maria* et, bien qu'on puisse supposer que ce nom assez courant soit celui de deux femmes différentes, tout le monde sait qu'en vérité, il s'agit de la même.

Anna Maria est une cousine de la mère de Marco. Trente ans plus tôt, elle était mince et brune, elle avait des dents droites comme tous les membres de sa famille et des doigts longs qui mettaient la même grâce à laver la vaisselle qu'à jouer du piano – de son propre aveu, elle n'avait jamais fait que des gammes de *do* et de *ré*, mais la légende l'avait entendue jouer avec brio des airs d'opéra. Massimo s'en était éperdument épris le jour où il l'avait vue étendre à sa fenêtre des sous-vêtements de soie rouge. Il lui avait fait une cour assidue aux attentions multiples, dont le clou avait été le baptême de sa barque flambant neuve et peinte exactement du même rouge que les petites culottes. Mais Anna Maria, abondamment courtisée bien que fille de pêcheur, savait avoir assez de cartes en main pour mener une vie différente de celle de sa mère. Elle repoussa donc les avances de Massimo, qu'elle trouvait pourtant sympathique, pour s'engager auprès de Sergio qui prévoyait faire des études d'ingénieur avec les économies de son père. À peine fiancé, cependant, Sergio multiplia les rencontres dans une cabane reculée, à la suite de quoi ils durent se marier en vitesse. De fil en aiguille, les économies de son père furent dépensées en grappa, et Sergio finit par se procurer la barque d'un pêcheur à la retraite qu'il baptisa du nom de son épouse. Pendant qu'il passait une partie de ses nuits sur le lac, Anna Maria employait ses belles mains à changer des couches. Au bout de quinze ans de fritures et d'ennui, son corps s'épaissit, elle perdit plusieurs dents et s'acheta des culottes de coton. On ne rebaptise pas une barque. Aux yeux de Sergio, l'*Anna Maria* bleue transportait jusqu'au milieu du lac la mauvaise humeur de sa femme et ses reproches quant à la qualité du poisson, au métier de pêcheur, aux mauvaises notes des enfants, quant à la vie en général. Aux yeux de Massimo, qui demeura vieux garçon, l'*Anna Maria* rouge jouait toujours des airs d'opéra, il l'entendait sur l'eau, juste avant l'aube, et lorsqu'il se penchait au-dessus d'elle pour arranger ses filets, il voyait dans son reflet les belles mains sortant par la fenêtre entre deux épingles à linge.

Du port, les touristes s'embarquent pour l'île Bleue, en échange d'une somme considérable. Au Moyen Âge, l'île appartenait à un prince qui en fit don au pape. Des moines y résidèrent, peut-être aussi des prisonniers. Aujourd'hui, elle appartient à un Américain. Du côté sud, à même un rocher, un escalier naturel descend cérémonieusement dans l'eau. L'île est striée de sentiers qui traversent la forêt, débouchant de temps en temps sur une clairière, un ancien champ cultivé par les moines. Elle compte neuf chapelles en plus ou moins bon état. Dans l'une d'elles, on peut encore voir les restes d'une fresque exécutée par un artiste connu dont le guide touristique oublie toujours le nom. Une autre se tient en équilibre sur la falaise d'où les moines attaquaient à la fronde les pêcheurs qui violaient le territoire de l'Église. Un trou insolite, large d'un mètre et profond de dix, cachot ou observatoire astronomique, ajoute au mystère du lieu. Le ciel est ample, l'eau est cristalline, les touristes quittent l'île d'avance nostalgiques et, à mesure que le bateau s'en éloigne, ils la regardent briller, tranquille, dans son éternité.

Ils retournent au port. Au port, les objets bougent et les gens marchent. De jour comme de nuit, les poulies battent contre les mâts un rythme déréglé. Un quai de ciment avance dans l'eau et bifurque à angle droit, enserrant les bateaux pour les protéger des vagues. Au bout du quai, on ne voit plus que le lac et rarement l'autre rive. On distingue la silhouette de l'île Bleue, asymétrique, semblable à un gâteau qui se renverse sur la gauche, semblable aussi au serpent qui avale un éléphant sur la première page du *Petit Prince*. Sur la gauche, un peu plus loin, se dessinent les bosses de ses quatre sœurs et, parmi elles, celle où, un jour de tempête, le grand-père de Marco enleva sa grand-mère.

Près du quai, des kiosques débordent d'objets-souvenirs plus morbides les uns que les autres : porte-clefs étrusques, cendriers étrusques, vases de plastique, fruits de plastique, papes de plastique, céramiques de plastique. Un téléphone public affiche « hors d'usage », une horloge marque onze heures pour l'éternité, et personne ne s'en formalise, puisque deux fois par jour elle est juste.

D'ailleurs le temps est différent. C'est dans leur démarche à tous, une démarche féline, réservant une attention soutenue à l'éventuelle rencontre, comme si marcher n'était ni une activité en soi ni un moyen de se rendre d'un point à un autre, mais plutôt la création d'un espace public, d'un appât pour la coïncidence. Comme si les gens ne marchaient qu'afin de pouvoir, à tout moment, s'arrêter. Ils marchent, ou ils font le tour du quadrilatère en voiture. Ils regardent autour d'eux au cas où ils reconnaîtraient quelqu'un. Ils reconnaissent quelqu'un : ils s'arrêtent. Rien ne compte davantage. Le temps est élastique, on peut toujours y loger un café, tiens, un bon café. L'endroit où ils se rendent peut bien attendre, puisque l'endroit où ils sont les requiert. Ils causent. En causant, ils plantent solidement leur regard dans celui de l'autre, ils posent une main sur son bras. Par une gesticulation excessive, ils importent l'univers entier dans le cercle restreint de leur narration – car, enfin, ils disent rarement des paroles qui restent. Ils sourient. Leur sourire arrive directement de l'enfance. Il traverse une zone d'ombre à l'adolescence, qui se voudrait au-dessus de tout, mais il réapparaît à la longue, intact, et de plus en plus enfantin à mesure que l'âge rend l'orgueil à la modestie nécessaire. Un sourire dépouillé de tous les agendas et dans l'espace duquel s'élargit le temps objectif : même s'ils s'arrêtent, ils n'arriveront jamais en retard, puisque le retard fait partie de la ponctualité, puisqu'ils sont riches à la mesure de leur lenteur. De toute façon, si les administrations étaient aussi efficaces que les machines à café, ce ne serait plus tout à fait leur pays.

Ce village existe encore, tel quel, en ce moment même.

Après le port, la promenade continue le long du lac. Les pins alternent de temps à autre avec un saule. Entre les restaurants et les campings s'ouvrent des jardins où, certains soirs de juin, il neige des mousses au-dessus de l'herbe ronde, des étoiles vertes, des fleurs mûres. Le soir tombe délicatement, attiré au sol par leurs doigts fragiles. Sur les terrasses, le couchant clignote dans la dentelle métallique des chaises et les tables, les verres, les ustensiles coulent, transparents, comme de l'eau sur une vitrine. L'une d'elles, en retrait, avec des nappes roses et des chaises de plastique, est celle d'un café modeste où l'on prépare un cappuccino infect et dont Marianne, un matin très tôt, a vu pleurer la serveuse entre les saules soudain semblables à son visage défait.

La promenade s'achève sur une seconde plage, plus large, encombrée tout l'été de chair brûlée, de ballons et de cris d'enfants, de radios crachotantes, d'effluves d'amande et de noix de coco, de serviettes, de parasols, de cartons de cigarettes, de bribes de conversation dans toutes les langues d'Europe sur lesquelles prime toujours l'allemand. Par les journées les plus chaudes, la plage déborde dans le lac. Il y a tant de nageurs que l'eau s'embrouille. Même en nageant les yeux ouverts, on ne distingue les autres corps qu'en les heurtant, et certains moustachus en profitent pour se frotter aux adolescentes les plus blondes. Entre mai et septembre, on ne trouve la paix qu'avant huit heures le matin, en compagnie de deux ou trois retraités anglais aux chevilles très blanches.

La route se termine sur un rond-point, commode pour certains automobilistes nonchalants qui passent par là voir les filles se baigner, toutes vitres baissées. Ils roulent à trois kilomètres à l'heure, empruntent le rond-point pour revenir sur la route, repassent devant la plage, entrent dans un parking d'hôtel, attendent un peu, puis recommencent le trajet, jusqu'à ce qu'une fille sorte de l'eau ; alors ils stationnent, descendent de voiture et, dans un anglais qui ressemble à du roumain, ils lui tendent la carte qui les improvise médecins ou optométristes, l'invitent à prendre un verre, « *perché no ?* », à souper, « *yu no, ai avé carre, ai couled téke yu aoutsaide de viladge* ». Que la fille, empêtrée dans sa serviette soudain trop courte, arrive à murmurer « *no, grazie* » et ils se confondent en compliments sur sa maîtrise de l'italien, « *owe dide yu lernit so wél ?* ». Que, certaine de donner ainsi son point final à la conversation, elle prétexte avoir déjà un homme dans sa vie et ils redoublent d'efforts. Il suffit pourtant qu'elle les repousse fermement pour qu'ils changent d'attitude. Comme aux filles des jours précédents, ils lui adressent un sourire malgré tout content, saluent et s'en retournent patrouiller, donnant l'impression que le jeu consistait uniquement à formuler l'invitation, à pratiquer l'art innocent d'être viril selon des préceptes intégrés dès l'enfance, répétant une prière apprise par cœur, privée de contenu, mais dont les syllabes enchaînées les unes aux autres recèlent une forme de puissance. En fait, ils auraient été assez embêtés qu'elle accepte, puisqu'il aurait fallu mentir à leur épouse ou à leur mère, dépenser de l'argent et faire un effort de plus pour parler anglais.

Derrière la plage, un sentier s'enfonce dans un massif de joncs pliés au point le plus fragile de leurs tiges. Le sable tassé se déroule, humide, dans le flanc des herbes. Le soleil tombe en miettes. L'humidité enveloppe tout d'un vert intense. Les pas font craquer les tiges et les planches de bois pourri jetées sur les parties moins praticables. À gauche court une interminable clôture derrière laquelle s'étendent les jardins des riverains et on les voit, ces jardins, dévoiler impudiquement le caractère de leurs propriétaires, à coups de chaises longues, de hamacs, de bouteilles déflorées et de lanternes, à coups de parterres négligés mais fertiles, de tables dressées en plein air avec des nappes décolorées ; à coups de journaux jaunis, de tasses, de cendriers, de jouets d'enfants, de planches à voile, de fenêtres ouvertes, de fenêtres fermées, de fenêtres grillagées. À droite, les joncs s'ouvrent sur des plages privées avec, derrière, le lac immense, clair, brumeux, houleux, plat. Des barques abandonnées, d'autres chaises, des ballons, comme si certains des jardins avaient sauté par-dessus la clôture pour venir s'asseoir près de l'eau. Sur les plages, on élève des canards, on construit des charpentes ouvertes que la végétation prend soin d'achever ; on laisse vieillir les restes de fête, les débris d'heureuses journées à écouter passer l'eau, on fabrique un quai duquel plonger ou monter sur la planche à voile en retardant le moment de se mouiller, ce sont les domaines des pauvres, des royaumes anonymes, protégés par un cadenas sur de la broche à poules.

Marianne marche souvent dans le couloir de joncs. Elle scrute les jardins comme elle assisterait à un bal à travers une fenêtre. Pendant que les gens travaillent, en plein jour, elle observe attentivement les restes de leurs dimanches et de leurs soirs d'été. Elle s'efforce de comprendre, de s'habituer comme à un vertige à ces vies autres qui pourraient, si elle le voulait, devenir aussi la sienne. Elle imagine ces vies posées sur les jardins, devine le poids des femmes à la fatigue des chaises et le ton des hommes au degré d'entretien des pelouses. On voit bien qu'il n'y a pas d'hiver. La pluie de décembre use à peine plus qu'un soleil brûlant. Des dizaines de générations d'objets érodés traînent dans le sable, les pattes des chaises pointent vers des ustensiles qui feraient la joie des archéologues, le temps passe nonchalamment, les femmes, les hommes naissent, ils s'aiment, se détestent et ils meurent, et les objets fidèles, indifférents, demeurent affalés sous le ciel.

Le vertige me vient à la pensée que ce village existe encore, avec la lune en bandoulière dans son ciel clément, et qu'en ce moment même, je le sais, l'île prépare un miracle à l'ombre minuscule de ses neuf chapelles.

Je voulais tout savoir de toi. Ouvrir ton cœur timide comme une noix et le sentir répandre sur moi son soleil libéré.

Ma première chambre était grande, dans l'auberge déserte, avec un plafond haut et deux fenêtres-ciels. Par l'une d'elles, je voyais le village tassé entre les murailles qui laissaient s'échapper une tour du château. Par l'autre fenêtre entrait une branche entière du châtaignier en fleurs et, en me penchant, je regardais souvent cette insolite statue du Christ auquel manque une main. Je t'ai connu ainsi. Ma chambre s'ouvrait sur ton pays par deux yeux sans volets, au Christ manquait une main.

Je sais qu'il est impossible de vivre deux vies à la fois. Je suis entrée dans ton pays en y renonçant d'avance, pourtant, avide, j'ai tout attendu, ton ciel, son orage, ta violente solitude, l'aboiement de tes chiens, j'ai tout voulu, j'ai tout laissé là-bas, comme une flaque d'eau de pluie, comme un drap sale, comme les restes du dîner sur le bord du comptoir, j'ai tout laissé en partant, tel que c'était, là-bas, chez toi, et toi, tel que tu étais, je t'ai laissé être. Il n'y a qu'une vie, une seule, je t'ai laissé l'entailler d'une autre vie possible, une vie pour nous deux qui doit s'éteindre maintenant, lentement, pendant que je redeviens la neige à laquelle j'étais promise.

Il y avait un siège libre dans l'avion, juste à côté du mien, le vide s'y est sûrement assis. Il est descendu avec moi, il a passé la douane, récupéré les valises, il s'est approprié l'espace libre de ma maison, il me réveille le matin en pesant sur l'oreiller, il se glisse entre ma main et tous les objets de ma vie. Il est la dernière épreuve entre nous, il est peut-être le plus dur, le plus douloureux, le plus long de nos moments ensemble, il attend pour s'éclipser que tu ne me manques plus, que je cesse de trembler quand j'ai rêvé à toi, que je cesse de me taire quand mes amis me questionnent, il attend avec moi, côte-à-côte, que passe l'hiver, puis l'année, nous attendons ensemble que je cesse d'attendre.

Ce village existe toujours, et son image m'attaque par surprise, à n'importe quelle heure. En lisant l'étiquette bilingue d'une boîte de céréales, en pelletant l'escalier, en faisant des photocopies recto-verso pour mon patron, et quand mon filleul s'endort dans mes bras ; tout m'est une madeleine et ma mémoire involontaire s'active malgré moi, peut-être pour ne pas te perdre tout à fait, peut-être pour ne pas perdre tout à fait ce que je fus alors.

Il y avait là-bas le si peu d'horizon.

II

N'être qu'un chien

Quand Marco était petit, il arrivait que sa mère le cherche en se réveillant le matin. Il n'était pas dans la maison, il n'était pas dans le jardin. À la fin, elle le trouvait couché dans la niche de son chien-loup. Ils dormaient ensemble dans leur chaleur mêlée, pacifique, de bête et d'enfant.

Marco n'adopte que des chiens qu'il a vus naître. Peggy lui a donné deux portées, desquelles il a d'abord adopté Fulli, l'unique survivant d'un virus, puis, quelques années plus tard, Ambra et Argo. Lorsque Marianne entre dans leur histoire de famille, Peggy est vieille, pelée et des bosses déforment son corps cancéreux. Marco répète qu'elle a eu son âge d'or, qu'elle fut belle, agile, brillante, qu'elle fut fidèle. Elle est sa reine et le sera toujours. Elle dort dans sa chambre et partage avec lui d'impérissables souvenirs de chasse et de jeux. S'il exagère en racontant, elle se tait avec complaisance pour ne pas gâcher son plaisir.

Un jour d'automne, Marco installe Peggy à contrecœur dans le réduit du chauffe-eau. Ce sont les derniers jours, lui et sa mère le savent, mais n'en parlent pas, puisqu'ils ne parlent jamais de rien. Le vétérinaire arrive avec sa seringue. Il perce le cuir, Marco se retourne, croise les bras et essaie de penser à son rapport d'impôt. Tous les jours qui suivront, tous les jours de sa vie, il parlera d'elle avec des dorures baroques et, lorsqu'il répétera l'histoire de ses trois voyages (la Sardaigne, la Sicile, la Calabre), il n'omettra jamais de mentionner qu'elle y était, elle aussi, et, en parlant des champignons, il n'omettra jamais de mentionner qu'ils les cherchaient ensemble et, en parlant de la chasse, il ajoutera immanquablement qu'elle était parvenue à pister un faisan gigantesque même après que la pluie eut effacé ses traces. Le réduit du chauffe-eau conserve son odeur de vieille chienne : « Je suis le seul à la sentir, je ne veux pas nettoyer. J'aurais peut-être dû la regarder mourir, j'aurais dû la caresser. Elle a peut-être pensé que je l'abandonnais. »

Après la mort de Peggy, Fulli est promu au sommet de la hiérarchie. Il a une démarche élégante, un calme d'ambassadeur, un port de tête aristocratique. Il n'aboie jamais sans raison sérieuse. Il observe avec sagesse et comprend tous les mots. Lorsqu'il n'obéit pas, c'est que son maître a tort. Pourtant, il met toujours une sorte de tristesse à se déplacer. Marco le soupçonne de savoir qu'il a été choisi non pas pour lui-même, mais parce que tous ses frères et sœurs sont morts du virus. « Personne, dit-il, ne peut vivre en paix avec cette idée, Fulli pas plus que les autres. »

Argo et Ambra sont jumeaux. Il est timide et lourdaud, elle est vive et délinquante. Ils désobéissent continuellement, lui par lenteur d'esprit, elle par intelligence. Ambra se blesse souvent et Marco, à cause d'elle, passe tout son temps libre chez le vétérinaire homéopathe qui se fait rarement rémunérer, parce que Marco est son meilleur client : outre les chiens, il s'y confie lui-même ainsi que sa mère.

En sortant de chez le vétérinaire, le soir où Ambra s'enfonce dans la patte une écharde grosse comme un clou, Marco emprunte un mauvais chemin de terre comme il les aime. Il s'arrête dans la forêt, ouvre la porte : Fulli descend avec panache, Argo le suit. Ambra reste couchée au fond de la Jeep et le regarde d'un air suppliant. « Allez, Ambra, descends. » Elle gémit. « Allez, Ambra, répète-t-il en changeant de ton, je suis là, je vais t'aider, viens, je suis là. » Il se penche et, sans cesser de parler, il l'attire vers lui et la soulève. « Allez, je suis là. » Il la prend dans ses bras, elle est lourde. Il la dépose par terre et Ambra commence à marcher en pleurant. Ils sont ensemble dans le cercle des phares. Autour d'eux il fait noir, il fait froid, leur souffle fume. Ambra pleure et tremble, Marco se penche et la couvre de tout son corps, il serre les bras autour de sa poitrine et frotte la joue contre sa tête. Il la berce. Longtemps il la berce en lui parlant à mi-voix. Marianne les observe de loin : elle sait qu'il n'aimera jamais les humains comme il aime les chiens, dévoué à leur corps de paille, tout imbibé de leur fidélité.

Quelques mois plus tard, un matin, Ambra meurt sur le plancher du garage, après trois jours cruels à se tordre de douleur et une dernière nuit passée à hurler pendant que tout le monde dort. Il l'enterre près de Peggy, là où il élève ses canards, résolu à ne jamais en faire son deuil. Elle était trop jeune, trop vive, elle avait ce beau museau finement sculpté et cette façon si féminine de lui désobéir, il ne comprend pas. « Il y a un tas de chiens dans la rue, ils ont faim, ils sont tristes, ils sont seuls, ils vivront cent ans, moi, mes chiens tombent comme des feuilles au premier coup de vent. »

Il arbore dorénavant une tristesse révoltée. Il caresse d'une nouvelle façon, les yeux fermés, avec des gestes fins d'avoine, et Marianne comprend que c'est la mort des chiennes qui frissonne au bout de ses doigts, elle comprend que leur course interrompue traversera tous les gestes à venir.

Au fond, peut-être es-tu pauvre, aussi pauvre que moi, aussi dénué de pays, aussi dénué de patience. Je t'ai vu souffrir, mais comme souffrirait une pierre : en silence et sans danger de rupture. Sans larmes. Sans panique. Tu souffres tranquillement, sans disloquer le nord du sud, de l'est, de l'ouest. Tu souffres méthodiquement, en rangeant le mal d'un côté, le bien de l'autre et en classant l'ambigu dans la colonne des choses à revoir, demain. J'ai aimé ta souffrance autant que ta joie, peut-être plus qu'elle encore, peut-être n'ai-je même aimé ta joie que lorsqu'elle avançait par-dessus ta souffrance. J'ai aimé la façon dont ta main se pose sur les objets, sans hésitation, se les appropriant le temps nécessaire puis les laissant naturellement retourner à eux-mêmes. De la même façon, tu as pris mon corps et tu me l'as rendu.

T'aimer, c'était accepter de te laisser seul, d'être seule à côté de toi et c'était savoir que tu partirais toujours à cinq heures, qu'il y ait ou non une femme dans ton lit. N'être responsable de personne est la façon dont tu as choisi d'être responsable de toi-même. C'est un égoïsme ascétique. Ta solitude est royale, tu n'engages pas ta parole. Tu pardonnes quelquefois, mais ne demandes jamais pardon. Tu es grandiose, mais séparé du reste des hommes et de ce qui, en toi, demande à les connaître. Tu ne connais personne. Personne ne te connaît. Sauf tes chiens. Sauf l'écho du fusil de novembre.

Les chasseurs chassent parce qu'ils n'ont rien à faire de plus aventureux sur le territoire civilisé d'avance par les Étrusques, conquis d'avance par les Romains, rompu d'avance par le fascisme, embourbé d'avance dans des politiques douteuses. D'ennemi naturel, il n'est demeuré que quelques faisans, des canards et un rare sanglier.

La chasse crée cependant un autre ennemi, plus dangereux, plus malin : l'autre chasseur. Le territoire étant restreint, l'autre chasseur est toujours trop proche et, bien que ce ne soit pas l'envie qui manque, on ne peut lui tirer dessus. Il faut donc chercher à l'éviter. Les plus endurcis, comme Marco, choisissent de partir très tôt, de chasser les jours de semaine ou dans d'ingrates conditions (pluie, froid, boue). Les plus sédentaires font plutôt courir la rumeur qu'ils ont vu deux sangliers et une famille complète de faisans dans le troisième bosquet de droite au bout du champ de Giuseppe Marconi ou qu'il n'y a rien d'intéressant derrière le vignoble de la Luisa. Ceux-là se reconnaissent aux heures qu'ils choisissent pour aller faire leur tour au bar central et à la voix puissante qu'ils empruntent pour faire profiter le plus grand public de leur témoignage. Ce sont généralement les mêmes qu'on aperçoit remplissant furtivement le coffre de leur voiture d'un nombre de bécasses supérieur au quota légal, niant le soir même avoir pris quoi que ce soit.

Plusieurs déploient des trésors d'imagination pour dénicher, entre les roseaux qui longent le lac, le coin idéal où établir un repaire (deux planches, deux poutres, un toit de carton) duquel traquer le canard. Ce doit être un lieu stratégique par rapport à la migration : alors que les mieux situés auront à leur disposition un triangle complet de canards, les autres verront à peine passer une phrase écrite en braille. Mais il ne s'agit pas simplement de s'approprier le meilleur poste, encore faut-il le préserver. Tout peut arriver : incendies, menaces anonymes à l'orthographe douteuse, vol de toit ou de plancher. Les intrigues sont multiples et les ennemis tenaces.

C'est pourquoi la loi se mêle des problèmes de la chasse – comme de tous les autres d'ailleurs. La loi, dans ce pays, c'est l'art de coincer ceux qui ont l'art de la contourner. L'essence de la loi tient donc dans son inévitable échec et, par conséquent, elle se reproduit comme une portée de lapins, elle se ramifie, se précise, se contredit parfois, elle prend des dimensions encyclopédiques qui confirment au citoyen l'impossibilité d'y obéir.

Il y a un nombre limite de carabines par famille. La puissance des plombs est matière à inspection. On doit tirer vers le ciel et jamais vers le sol. Les mardis et vendredis sont réservés au repos des chiens. Les machines qui imitent le cri des espèces convoitées sont interdites de vente et d'achat, mais certains enregistrent eux-mêmes la voix de leurs canards domestiques ou celle d'un grand-père particulièrement doué. Les chasseurs ne peuvent franchir la frontière régionale signifiée, selon les endroits, par une corde, un écriteau, un ruisseau ou une colline. Entraînés dès l'âge le plus tendre à reconnaître cette frontière, ils ne peuvent s'y tromper. Cependant, la difficulté à se conformer au règlement reste immense. Quoi de plus frustrant, en effet, que de voir le faisan poursuivi de bosquet en bosquet réapparaître soudain du côté défendu du ruisseau, le texte de loi sous l'aile ? Comment expliquer à ses chiens qu'on doit abandonner la poursuite, comment se consoler de leur mine déconfite ? La plupart d'entre eux a vu, un jour ou l'autre, la proie traverser la frontière légale. Les réactions à ce trauma sont diverses. Certains préfèrent en rire, d'autres passent outre le texte de loi, d'autres en arrivent à douter de l'existence de Dieu. D'autres encore forgent des récits cathartiques au fil desquels le faisan maudit devient de plus en plus beau, de plus en plus gras, devient même, parfois, une famille complète de faisans – voire un sanglier.

Le nœud du problème et la cause principale des animosités ne réside en fait que dans la pénurie d'animaux sauvages. Pour remédier à ce manque, certaines associations entreprennent chaque été d'élever des faisans par centaines et de les relâcher quelques semaines avant l'ouverture de la chasse, croisant les doigts pour qu'ils ne passent pas la frontière et qu'ils survivent à leur condition sauvage.

Au cours des semaines qui précèdent l'ouverture, les chasseurs reprennent l'habitude de leur uniforme. Semblables à des archives de guerre, ils déambulent en kaki, chaussent des bottes de cuir et se camouflent avec ruse sous une barbe semblable aux buissons secs des sous-bois. Ils font marcher leurs chiens une ou deux heures par jour, tâtent leurs muscles, augmentent leur apport protéique. Ils complotent les uns contre les autres, forment des équipes et se confondent en stratégies pour éviter qu'un débutant vienne leur gâcher le jour tant attendu. Plus la date fatidique approche, plus il leur devient difficile de se concentrer sur quoi que ce soit d'autre.

L'ouverture est progressive. D'abord la tourterelle sauvage ; ensuite le canard, plus tard le faisan, la bécasse, la caille, le pigeon et le sanglier. Une bonne partie de la faune périt le jour même de l'ouverture. Trois poules et un fermier sont touchés par erreur. Le reste de la saison n'est qu'une fade suite de déceptions, d'heures passées à tendre l'oreille au bruit de ses propres bottes et à engueuler les chiens qui finissent par jouer entre eux. Les conversations, un moment axées sur le décompte des prises, reviennent au problème du manque d'animaux et s'étirent de plus en plus souvent autour d'un cappuccino. Ceux qui avaient réussi à se lever dès quatre heures à la fin de septembre se lèvent à neuf heures au milieu d'octobre et se contentent du dimanche après-midi vers le début de décembre. Ils recommencent à attendre l'ouverture de la prochaine saison, se persuadent que c'était mieux l'an dernier, grommellent qu'un tel a dépassé le quota, que les champs sont trop ouverts, les bois trop clairsemés.

Ainsi sont meublés les jours d'hiver. Le fusil plein de cartouches et les culottes pleines de boue, chacun veut savoir combien d'animaux a pris son voisin, dans quel bosquet, sur quelle route, chacun croit avoir le meilleur chien et vendrait son âme pour en voir la photo publiée par le magazine de chasse national. Malgré le maigre enjeu de leur sport favori, sans doute sont-ils contents de sentir avancer leurs bottes de sept lieues, portant avec déférence, entre leurs mains gelées, la crosse métallique qu'ils déposent à treize heures pile près de la table où les attend immanquablement la *pasta* préparée par leur mère qui cuisine mieux que toutes les autres. Sans doute sont-ils heureux que s'étale, autour de la géographie restreinte du territoire réel, celle, infinie, de leurs conversations, car, en fait, leur véritable territoire n'est autre qu'un fantasme.

Marco passe un temps fou à préparer la chasse. Il fabrique lui-même ses cartouches pendant les nuits d'insomnie. Avec des gestes secs, rythmés, hypnotiques, il pèse le plomb sur une balance archaïque, le verse dans un tube orange pour les cartouches les plus puissantes, rouge pour les cartouches permises par la loi et quelques bleues insignifiantes pour faire pratiquer le tir à Marianne, un de ces jours. Certains longs après-midi de pluie, il s'installe dans son garage et s'applique à repeindre le poitrail de canards en plastique, prenant pour modèle les photos du magazine de chasse auquel il est abonné. Dans un ancien site de pisciculture qui appartient à son cousin, il a construit un paradis pour l'élevage des canards domestiques. À l'éclosion des œufs, il emmène les bébés chez lui pour les soigner et les garder au chaud. Il les met dans une boîte à chaussures qu'il ouvre dix fois pendant le trajet, afin de voir s'ils ont changé et s'ils sont contents. Le canard est son animal préféré parce qu'il est, dit-il, « tellement beau quand il s'envole ».

Les jours de chasse au canard, il doit se lever dès trois heures – c'est-à-dire qu'il ne dort pas du tout. Il accroche un poids à la patte des canards domestiques pour qu'ils ne s'envolent pas. Il se rend derrière la maison d'une cousine, dégage son embarcation des herbes où il l'a cachée et fend l'eau jusqu'à son repaire, manœuvrant debout à cause des rames locales, plus longues que le rameur, en exécutant avec chaque bras le mouvement inverse de l'autre. Arrivé sur les lieux, il dispose les oiseaux, vrais et faux, sur le lac, expérimentant chaque fois, avec un empirisme méthodique, une organisation différente de sa flotte. Il travaille comme travaillerait un artiste en vue d'une installation éphémère que lui seul aurait le loisir de contempler – lui et les oiseaux sauvages. Parfois, il observe des canards qu'il croit être les siens, jusqu'au moment où ils s'envolent sans qu'il ait eu le temps de tirer, piégé par son propre piège et parfaitement satisfait.

S'il décide d'aller dans les bois, il se lève vers cinq heures, enfile des chaussettes de laine, des bottes épaisses, une chemise de flanelle, un t-shirt collant, des pantalons couverts de poches. La carabine et les munitions se trouvent déjà dans la Jeep. Il prend un sac de papier dans le réfrigérateur, sa mère y a mis du pain, du fromage et des pommes.

Il fait monter les chiens, démarre, roule longtemps. Il aime le rituel de s'entourer des mêmes objets, le fait de partir exagérément tôt, celui d'aller loin, celui d'être seul : il aime la chasse. Il pense à son père qui, n'ayant que cinq balles à sa disposition, faisait la route à pied jusqu'à Grado pour aller chasser. Il pense à la passion de son père pour la chasse, cette passion est leur espace commun. Il y va comme à sa rencontre et, lorsqu'il tire avec la même précision légendaire, il sent que son père l'approuve d'en haut. Il aime ces heures pendant lesquelles il ne parle qu'aux chiens, ces heures pendant lesquelles ses chiens lui répondent, ces heures semblables à celles qu'il passait, enfant, à dormir dans la niche. Ce qu'il aime plus que tout, c'est la possibilité d'être un chien.

Il s'enflamme si son escouade s'arrête en remuant la queue à l'entrée d'un bois, détectant la présence de l'animal. Il réfléchit. Selon le degré d'humidité, la direction du vent, la présence d'un cours d'eau, selon le type de végétation, selon qu'il a ou non trouvé des plumes accrochées aux épines ou des traces par terre, selon ses propres souvenirs de chasse, ceux de son père et ceux des autres chasseurs, empilés dans sa mémoire comme les tomes d'une encyclopédie vivante, il devine quelle bête anime la queue des chiens, anticipe sa stratégie et décide ou non d'entrer dans le bois. La chasse, pour lui, est une partie d'échecs, il aime la perdre autant que la gagner et vit de l'illusion que sa proie possède l'intelligence d'un champion russe. Il tue des animaux avec lesquels il a d'abord parlé. Il les trouve, les perd, les reconnaît, les attend. Le même faisan le tient en haleine une saison entière, Marco le traite de salaud, mais se félicite en secret d'avoir enfin trouvé un adversaire capable de le semer.

L'oiseau tombe et les chiens le ramassent. Il le prend dans sa main ouverte, le regarde, caresse son bec et ses plumes, repère les trous du plomb puis le laisse tomber dans sa besace avec l'indifférence qu'il affiche souvent pour les choses du passé. Il tue autant d'animaux qu'il peut en manger. Il ouvre son congélateur et compte les dépouilles ; quand il conclut que *basta adesso*, il remplace son fusil par l'appareil-photo.

Les relations de ses chiens entre eux le fascinent. Il les nourrit mieux que des princes, les entraîne, leur glisse sous le museau les plumes des faisans et la chair que sa mère s'apprête à faire cuire. Il prend toujours avec lui un jeune chien et un chien plus vieux. Il s'émerveille de voir l'aîné donner l'exemple au cadet et le cadet apprendre, désobéir, tenter une manœuvre nouvelle, comprendre qu'il a eu tort et chercher malgré tout son approbation. « Peggy était une mère exemplaire. Un jour qu'il était tombé deux oiseaux, par exemple, écoute bien, Marianne, *due uccelli in una volta sola*, elle s'est jetée dans l'eau pour aller chercher celui qui était tombé le plus loin, en vérifiant du coin de l'œil que Fulli pouvait atteindre l'autre, pour qu'il ait lui aussi son petit succès. Argo est jeune encore, regarde bien, regarde-le regarder Fulli et espérer qu'il le dépassera dans la hiérarchie. De temps en temps, il essaie de le mordre, mais Fulli lui lance un regard méprisant. Chacun son tour, *è così vero ?* Un jour Fulli sera vieux et Argo sera le plus fort. Si j'arrive à trouver une femelle pour Fulli, elle aura des chiots, je voudrais une autre fille, c'est Argo, alors, qui lui montrera tout. Mais il doit d'abord apprendre et il est impatient, *madonna mia !* qu'il est impatient ce chien, c'est le plus impatient de tous, et un peu lourdaud avec ça, eh, *che ci posso fare io ? Niente ! Aspetto*, j'attends. »

Il chasse jusqu'à ce que ce soit l'heure d'aller travailler. Ses vêtements sont mouillés, il a froid lorsqu'il s'arrête et trop chaud lorsqu'il marche, son sac est lourd, son fusil est lourd, les champs sont pentus et les bois pleins d'épines. Il aime aussi la fatigue, les trous que percent les branches dans ses vêtements, la sueur qui imbibe le piquant de la laine, l'ellipse décrite par la course des chiens, la couleur de la pluie, les roues motrices de la Jeep, les souliers secs qu'il chausse avant de reprendre la route, les changements imperceptibles des lieux qu'il fréquente depuis l'enfance. Il aime l'absence d'humains et, de temps à autre, il ramasse un caillou.

Le soir, après le souper, vers vingt et une heures, il s'assied près de la cheminée au bord de laquelle sèchent ses bottes croûtées de boue. Il ajoute une bûche, écoute le feu et sombre presque aussitôt dans un sommeil de plomb, jusqu'à ce que son propre ronflement le réveille, alors il se traîne vers son lit, parfois se déshabille, parfois se couche tout habillé.

Le lendemain, il se réveille vers cinq heures. La carabine, les munitions, les chiens sont prêts, et la nuit humide les encercle comme des bras amicaux dans lesquels ils entrent, heureux – et tous les jours ainsi.

Certaines personnes n'arrivent pas à parler à voix basse. Toi, tu sais projeter ta voix et la donner en spectacle, et tu sais aussi la réduire au filet essentiel, au son minimal dans la pénombre des chambres.

Tu m'as appris, je crois, à entendre et à voir. En observant ta nuque, j'ai compris comment dessiner des fenêtres, des rues, des chaises et des tables. Mon ouïe, ma vue, maintenant, se retrouvent les mains vides. Je leur cherche un monde. J'attends qu'à défaut de ta nuque réapparaissent les fenêtres, les rues, les chaises et les tables avec le singulier sourire qu'elles ont lorsqu'on s'apprête à les voir. Je pense à toi vivant, levé dès cinq heures, riant de tes propres erreurs, avec les poussières qui roulent dans la tramontane. Je veux exister comme tu existes, dans la fierté qui m'a tant fait souffrir, mais de laquelle je sais que tu mourras debout. L'espace se tient entre nous, il nous éloigne à bout de bras, et ce que tu as mis en moi je dois le porter, je dois m'en occuper comme d'un enfant difficile.

Quand je suis partie, tu ne pleurais pas. Tu me demandais de ne pas pleurer. J'ai volé ton image, j'avais moins d'une minute. C'était tout ce que je pouvais faire, ce jour-là, voler, et ressembler en cela au plus bel animal.

III
Avec la mère autour

Marianne passe plusieurs semaines sans connaître la mère de Marco. Elle ne peut l'imaginer autrement que comme un trou béant qui le happe à des heures précises, celles des repas où elle n'est pas encore la bienvenue. La mère voit bien que son fils ne dort plus à la maison, mais elle ne pose pas de questions, de peur d'apprendre ce qu'elle sait déjà par la tante : il s'agit encore d'une étrangère. Marco lui fait la grâce de sa présence le jour et la lui retire pour la nuit. Ainsi, il se partage entre la mère et l'amante, jusqu'au jour où, fatigué de ces allers et retours, il se décide enfin.

Lorsque Marianne entre pour la première fois chez Marco, la mère s'avance jusqu'au seuil et lui serre vigoureusement la main, comme un homme d'affaires. Avant que Marianne ait le temps d'ouvrir la bouche, elle lui a déjà tourné le dos, elle a déjà les mains dans l'évier pour laver les légumes.

Il y a du sable dans sa voix et une certaine rudesse démontrant qu'elle n'est pas seulement une mère, elle est un maréchal, avec des armes qui sentent bon à l'heure des repas et un régiment de casseroles sous son commandement. Elle est réputée dans tout le village pour son excellente cuisine. Des restaurants ont voulu l'engager, elle a toujours refusé, son art est réservé à ses hommes. Elle verse l'huile sur la laitue en tenant l'énorme bouteille dans une seule main, avec le pouce sur l'ouverture du goulot pour en régler le débit. Elle coupe le pain comme un cowboy, en poussant le couteau vers elle. Elle procède avec des mouvements superflus, mais d'apparence scientifique. Elle a compris depuis longtemps qu'elle tient ses hommes par l'estomac et que cela compense entièrement le fait qu'on la tienne, elle, dans la cuisine.

Son âge est impossible à deviner. Petite, sautillante, les cheveux blancs, elle dit des choses qui la font rire elle-même et elle dit des choses dures, des choses semblables à celles que se disent les fillettes. Elle fait aussi des gestes qui blessent, comme le soir où, après le souper, voyant que Marianne débarrasse la table, secoue la nappe par la fenêtre, la plie soigneusement et la range dans un tiroir, elle en retire la nappe, la déplie dans un claquement, la replie et la range. Dans le même tiroir.

Lorsqu'elle apprête les oiseaux abattus par Marco, elle leur coupe d'abord la tête et les pattes, puis elle les plume.

Elle leur ôte les entrailles et les bourre d'une farce faite d'olives et de mie de pain, puis elle leur recoud le ventre, avec la même attention qu'elle met à rapiécer les chaussettes et à crocheter la dentelle. La préparation des oiseaux dure tout l'après-midi, elle est l'aboutissement de l'œuvre de Marco, de son œuvre d'art commencée sur le lac ou sur la balance des plombs. Elle met à sa cuisine tout son respect pour son fils et, par là, tout le respect de son fils pour les animaux et, par là, leur respect commun pour la vie.

Son savoir culinaire est à la fois lumineux et obscur. Le degré zéro de la recette – *minestra* : eau, légumes, fèves, riz ; la salade de tomates : tomates, huile, sel – et pourtant des mets élaborés aboutissent sur la table. Les premiers jours, elle donne dans le gargantuesque, le midi comme le soir. Des pâtes, deux sortes de viande, des légumes frits, une salade, des fromages, une tarte, des fruits : c'est pour bien accueillir Marianne, peut-être, ou pour faire en sorte qu'elle n'ait rien à redire, puisque tout se sait. C'est peut-être pour faire plaisir à Marco, en lui faisant sentir qu'elle se réjouit qu'une femme entre enfin dans sa vie, ou pour lui obéir, elle ne peut rien lui refuser. Peut-être est-ce pour séduire Marianne, afin qu'elle reste le plus long-temps possible plutôt que d'entraîner Marco sur un autre continent, ou peut-être est-ce pour la paralyser, lui retirer le pou-voir de se nourrir elle-même, l'attacher à son assiette et lui donner un ventre rond qui la rendrait incapable de parler, de se lever et de partir. On ne le saura jamais vraiment. Ce qu'on sait avec certitude, c'est qu'avec ses mains courtes et fermes, elle remplit l'assiette de Marianne sans poser de questions, sans chercher à savoir qui elle est, ce qu'elle veut et pour combien de temps elle pense habiter dans la maison vide. Au bout d'une semaine, à grand renfort d'exclamations, Marco la supplie de freiner ses ardeurs, « je vais engraisser, je vais exploser, Marianne va exploser, nous allons tous exploser ».

Marianne mange bien, elle a toujours bien mangé. Cela ne suffit pas. « *Mangia, mangia* », lui dit la mère avant même qu'elle arrive à finir son assiette. « Merci, *grazie* », refuse Marianne avec la politesse requise et un signe de la main, « vraiment ».

« *Ma dai, mangia* », insiste la mère et, à ce moment du dialogue, toujours le même, chaque fois, elle jette un morceau de viande dans son assiette ou y verse tout le contenu de la poêle. Au début, cette insistance amuse Marianne, et elle la flatte aussi. Puis elle commence à l'agacer. Elle refuse avec un ton plus sec, envisage de ne pas manger ce que la mère lui donne de force, sans pourtant s'y résoudre. Marco finit par intervenir : « *Mamma*, dit-il, elle est assez grande pour décider, arrête. » Cela ne suffit pas encore et, le lendemain, au moment où une côtelette de porc atterrit lourdement dans son assiette, Marianne, exaspérée, la transfère dans l'assiette de Marco. Sans rien dire, mais sans appétit non plus, il la mange. La scène se répète les jours suivants : *Mangia, mangia*, non merci, c'était très bon, vraiment, pluie de tomates, transfert chez Marco, ses soupirs, le bruit de sa fourchette, *mangia*, poitrine de poulet, *grazie no*, morceau de saucisse, prosciutto, pomme, poire, figue. Tout aboutit chez Marco qui commence à donner des signes de détresse.

Signes muets, à peine un regard épuisé vers sa mère, l'esquisse d'une impatience, presque rien. Mais elle a compris. Il s'agit de son fils. De son fils elle connaît les limites et elle s'y soumet comme aux dix commandements. C'est la fin des négociations. Marianne a vaincu parce que Marco a vaincu. Si elle veut plus de viande, elle se resert elle-même. Quand elle n'a plus faim, elle ne mange plus. Son assiette blanche reste blanche et son foie intact.

La table est l'autel d'une vie intouchable dans laquelle l'étrangère est brusquement apparue, comme un cheveu sur la *minestra*, comme une bouche de trop entre l'enfant et le sein. Parce qu'en vérité, la distance entre Marco et sa mère n'est pas plus large que la table, et la table n'est pas une distance réelle, c'est leur lien le plus tangible, c'est leur langue commune, sous la nappe il y a une lettre d'amour invisible et, par-dessus, la mère pose les assiettes qui transforment miraculeusement son fils, deux fois par jour, en homme ponctuel.

Une mère est une mère dans la plupart des cas. Son pouvoir diffus se ramifie dans les chansons, dans le fait de savoir tout faire, du feu, du café, et de savoir écouter, deviner, consoler, acheter du savon, du fromage, trouver dans un coin d'armoire le lacet qui manquait, ou la bonne parole, celle qui, parmi les autres paroles, les paroles des autres, garantisse l'amour inconditionnel.

À l'âge où il s'abandonne encore à la voix de sa mère, l'enfant ignore le fait brutal qu'il y a ailleurs, autour de cette voix et en dehors d'elle, un univers indifférent, strié de flèches perdues en attente de son corps inexpérimenté, de sa naïveté offerte d'avance, sans arrière-pensée, inconscient de la nature des échanges et du devoir aride et cruel qu'on lui imposera à partir de l'école. Mais c'est du monde lui-même, si cruel soit-il, que l'enfant apprendra qu'il n'y a pas d'absolu, qu'il n'y a que des ailleurs. Il grandira et entrera dans l'ingratitude, comme si le lait du bonheur se mettait à tourner. Certaines mères acceptent de céder leur royaume, elles déposent leur fardeau par terre et ouvrent la porte toute grande, endeuillées, sans doute, mais d'accord. Elles demeurent disponibles, avec, à portée de la main, la pharmacie prête à tout soigner. Le retour d'un enfant blessé est une fête, une fête triste et brève, inavouable, camouflée dans la disponibilité de l'oreille attentive, et certaines mères vont même jusqu'à devenir des amies.

Le pays de Marco appartient politiquement à une poignée de citoyens, mais c'est aussi le pays de tous, c'est, dit-on, le berceau de la civilisation occidentale, c'est la voix de la mère envahissant doucement le monde pour le rendre habitable, apaisant de la paume le tout premier soupçon, passant dans les cheveux une berceuse opaque et empêchant souvent l'enfant de grandir, le serrant dans ses bras jusqu'à ce qu'il étouffe. Dans ce pays, la maternité a une telle envergure qu'elle dépasse en pouvoir l'éducation, le gouvernement, l'Église. La mère est Marie d'avance victime des méchants qui lui enlèveront son fils. Sa vocation est celle du don. Par le don, la mère est Madonne et elle est inabandonnable.

Dans le village médiocre, magnifique, au ventre serré par sa ceinture de pierre, la mère de Marco a épousé un ami d'enfance, pêcheur comme la moitié des hommes du village, comme son père et son grand-père avant lui. Elle était jeune et très belle, avec des joues pleines, des dents parfaites et des yeux pareils à des perles noires. Son mari était honnête, travailleur, colérique, dépressif. Il avait une peau tiède, un front haut. Ils n'avaient d'autre ambition que celle de trouver leur place dans le village, se pliant au rythme atavique des normes établies et ne dérangeant rien de ce microcosme. Ils partaient ensemble, toutes les nuits, avec la barque et les filets qu'elle crochetait. Quand ils rentraient, le matin, elle lavait le poisson, le filetait et le vendait. Très vite, ils eurent un premier fils et, six ans plus tard, un second. Elle ne dormait jamais, sinon lorsque son corps s'écroulait comme un paquet au fond de la barque ou dans la tombe ouverte d'un Étrusque. Elle parlait peu. Elle faisait. Elle faisait les choses à faire, elle les faisait parfaitement. Elle observait son fils aîné mener avec son mari une lutte furieuse qui ne cesserait, et encore, qu'à la mort du second. Elle se réfugiait dans la croissance du cadet, Marco, l'enfant qui mit sept ans à parler, qui dormait dans la niche des chiens et jouait rarement aux mêmes jeux que les autres. D'année en année, elle répétait les gestes appris de sa mère et de toutes les mères avant elle, celui de couper le pain et les tomates, d'y verser l'huile, de faire le café avant qu'on le demande, avant même qu'on le désire, de repasser les draps jusqu'à ce qu'ils soient lisses et blancs comme le papier de ceux qui savent écrire. Elle devint experte en ces gestes, elle devint le chef irremplaçable de la famille, bouclant le budget et donnant à son mari juste ce qu'il fallait pour boire sa déprime.

Elle devint le Geste. Encore aujourd'hui, toute son énergie y passe et toute sa personne et tout le sens de la vie, et quand il n'y a plus à tricoter pour les siens, elle tricote des bonnets pour les enfants des autres.

Le premier fils est parti. Le mari est mort. Marco reste à la maison, cloîtré dans son mutisme et dans son singulier regard. Il est le Royaume, il est la Vie, les gestes faits pour lui sont les seuls possibles, ce sont les gestes pour toujours, ceux sans lesquels même le ciel serait vide. Les siècles encroûtés du village ont volé à la mère toute autre forme d'identité. Son dernier fils est sur sa peau comme l'empreinte d'un fossile : leur séparation est inconcevable.

Elle en avertit Marianne dès qu'elles se retrouvent seules pour la première fois : « Tu sais que Marco ne partira jamais, il me l'a dit, il me l'a dit comme ça, écoute, il a dit : je ne partirai jamais. » Marianne sait que Marco est incapable d'une telle promesse, elle sait aussi que cela n'a aucune importance, que ces mots-là mis par la mère dans sa bouche ont un pouvoir de vérité qui dépasse tout, qui dépasse le réel lui-même. Elle sait qu'elle aura à les combattre et elle sait qu'elle perdra la bataille. Chaque jour passé dans le pays de Marco est un jour passé à le perdre, à accepter qu'il recule derrière la bouche de sa mère, derrière l'enceinte du village.

Tu cours sous la pluie jusqu'à la voiture. Nous comptons les canards entre les joncs, tu en vois cinq, j'en vois six, mystérieusement ils disparaissent. J'ai placé une longue table dans ma maison, afin que s'y déploie un désordre, n'importe lequel. Ton pays monte, fatidique, le long de ma gorge, il tend la main. Pendant que je nage dans le lac, tu marches sur la berge en portant mes vêtements au bout d'un bâton. Tu tends ta main pleine de figues et de noisettes, elle m'apparaît ainsi entre deux brasses, diagonale et pleine dans la ligne mauve du soir. Je pense aux routes de ton pays, avec, des deux côtés, le vent, les tournesols qui disent l'heure, le ciel jaune au-dessus d'eux. J'entends les routes. Elles bavardent et m'enserrent d'un manque formidable, elles me volent ce qu'il me reste d'ici, la liste d'épicerie, l'horaire de l'autobus qui m'amène au centre-ville.

Marianne, dans son oisiveté, cherche une activité innocente. Au bout d'un moment, elle pense au jardin devant la maison vide. La mère de Marco y a semé des fleurs afin d'avoir une réserve fraîche à porter quotidiennement sur la tombe de son mari. Les fleurs sont déjà hautes, elles brillent, mais les mauvaises herbes ont aussi poussé et Marianne, le remarquant, se dit voilà, c'est idéal. Avec le soleil comme une brique sur ses épaules, elle entreprend de sarcler. Ses connaissances en matière de jardinage sont vraiment déplorables, mais personne ne saura, une fois jetées à la poubelle les mauvaises herbes, qu'elle y a mis par erreur quelques fleurs à venir. De moins en moins scrupuleuse, de plus en plus impitoyable, elle pose son empreinte sur le jardin, heureuse et frénétique dans son grand projet de nettoyage.

Lorsqu'elle entend la bicyclette de la mère de Marco tourner le coin de la rue, son sang se glace. Elle se lève d'un bond et s'installe devant le tas de mauvaises herbes, espérant sans conviction qu'il passera inaperçu. Mais la mère s'y connaît. Plus rapide que son ombre, elle fonce sur Marianne, la pousse d'une main, jette un œil sur le tas d'herbes, un autre œil sur le jardin, puis les deux yeux au ciel. En moins de cinq secondes, elle a évalué la situation et son diagnostic est clair : c'est un jardicide.

« Mais je vais te battre, qu'est-ce que tu fais, je plante des fleurs, tu les arraches, un jardin ça ne se désherbe pas de toute façon, ah ! *madonna mia, ma che hai fatto !* »

Bouillante d'exclamations, hors d'elle-même et sans égard pour les beaux vêtements qu'elle porte en vue d'aller au cimetière, elle s'agenouille, retire du tas d'herbes arrachées celles qui devaient devenir des fleurs et les remet en terre, *ma veramente*, les arrose, les inonde, frappe violemment le sol autour d'elles, *mamma mia*, pendant que Marianne, pétrifiée de honte, essaie vainement de se confondre avec la chaux de la maison. La mère termine sa réfection, la mitraille du regard et sort du jardin d'un pas décidé, ses souliers de messe couverts de boue.

À partir de ce jour, Marianne commence à souffrir de devoir détester une chose si belle et si fragile que le battement d'un pétale rouge contre le bleu du soir, lorsqu'il vente un peu, à peine. Mais c'est plus fort qu'elle : les tiges des fleurs les plus longues ont la même verticale que les barreaux d'une cage.

La table immense, je l'ai mise dans une pièce de ma maison, afin que s'y déploie un désordre – le mien.

Souvent, elle lui demande ses recettes. Comme toutes les cuisinières expérimentées, la mère de Marco ne sait jamais quoi répondre.

– Il faut plumer l'oiseau, couper sa tête, le dépecer, le remplir d'un mélange d'olives, de miettes de pain, d'huile et d'épices.

– Lesquelles ?

– Bah, tout dépend de ce qu'on a sous la main.

– Et pourquoi la *minestra* est tellement épaisse ?

– Eh bien : c'est parce qu'elle est épaisse.

– Et les pâtes fraîches ?

– Comment, tu ne sais pas faire les pâtes fraîches ? (Surprise, légèrement condescendante.) Il faudrait que tu arrives plus tôt, un soir, et que tu me regardes.

Selon le témoignage de la cuisinière, les ingrédients sont toujours les mêmes, la cuisson est toujours la même et, pourtant, le repas est toujours différent. Marianne, à quelques reprises, vient la regarder cuisiner, mais elle n'apprend rien vraiment qui puisse lui servir par la suite, elle n'apprend que la courbe décrite par les mains qui font tout vite et bien, elle n'apprend que le trajet des pas dans la grande cuisine, partout à la fois, au four, à la table, à l'évier. Il fait chaud, la flamme du gaz s'ajoute à la canicule, et la mère ne sue jamais.

Son isolement, sa pauvre connaissance de la langue et son oisiveté confèrent progressivement à Marianne l'identité d'une limace. Chaque bouchée qu'elle ingère chez la mère de Marco renforce cette image, elle le sait et, au fil des semaines, elle en arrive au point où elle donnerait sa chemise pour faire la preuve éclatante de sa normalité, comme les grenouilles qui deviennent des princes.

Un soir, la mère fait déborder le vase en disant brusquement :

– Si tu veux te marier un jour, décide-toi à apprendre la cuisine.

– Mais je sais cuisiner ! répond Marianne, rouge comme un coq (et sans aucune intention de mariage).

– Alors, pourquoi tu ne fais pas le souper demain soir ?

– Pourquoi pas ?

– Eh bien ?

– OK.

Pendant toute la nuit qui suit, Marianne tente de se remémorer la recette la plus facile qu'elle connaisse et qui ne soit ni *spaghetti* ni *lasagne*. Elle s'arrête finalement sur sa recette de poisson aux croûtons dorés et au fromage cheddar, une valeur sûre. Le lendemain, elle part avec un panier faire ses emplettes, courant déjà sans le savoir, bien qu'avec un léger soupçon, vers la catastrophe.

Elle achète du poisson, n'importe quel filet de poisson blanc
– c'est fou comme le nom des poissons varie d'une langue à
l'autre. Il lui semble abordable, mais, mystérieusement, elle le
paie le gros prix. Puis elle va acheter le fromage. Comme rien
ne ressemble au cheddar canadien blanc extra-fort, elle en parle
à la vendeuse qui s'emploie à discuter la recette.

– Fromage et poisson, vraiment ? répète-t-elle avec un rictus.

– Ben... oui, répond Marianne, doutant soudain de sa propre
existence.

– Avec quelle sorte de poisson ?

– Euh, je ne sais pas, du poisson blanc. Je ne l'ai pas encore
acheté, répond Marianne en cachant derrière son dos le sac dont
l'odeur supplante distinctement celle des fromages.

– Et quel genre de fromage voulez-vous ? (Elle ne sourit
toujours pas.)

– Un fromage qui fond bien au four.

– Un fromage à pâte dure, alors. Fort ou doux ?

– Fort.

– Bon, celui-là ? et elle pointe en direction du fromage le
plus coûteux.

– Oui, euh, d'accord, celui-là, se résigne Marianne en voyant
finir dans un morceau de fromage une bonne partie de sa
fortune.

La vendeuse coupe le fromage, en fait un paquet tout gras
et, penchée au-dessus de la balance, elle vérifie : « Fromage et
poisson, vous êtes bien certaine ? »

Marianne se rend ensuite à la boulangerie. Le pain idéal
pour cette recette est le pain au lait, tranché, blanc, qui vient
dans un sac de plastique avec le format standard du grille-pain.
Dans le village, il n'y a pas de grille-pain et, sans grille-pain,
pas de pain tranché. Marianne se rabat sur le pain blanc
ordinaire, qui ne goûte rien puisqu'il ne contient rien. Elle se

dit qu'elle pourra également en faire du pain perdu, histoire de permettre enfin à Marco et à sa mère de goûter le sirop d'érable qu'elle leur a offert en cadeau et qu'ils ont placé sur l'armoire la plus haute, entre un vase étrusque et une vipère empaillée. Elle achète aussi du persil, un oignon et de quoi faire une salade qu'elle apprêtera avec sa propre vinaigrette française.

Elle arrive vers dix-huit heures. Elle comprend tout de suite que la mère ne quittera pas la cuisine et se fera un point d'honneur de superviser les opérations pour s'assurer, tout particulièrement, qu'elle n'incendie pas la maison avec la cuisinière à gaz. Bon, se dit Marianne, capable d'orgueil pour quelques heures encore, voilà du moins l'occasion de lui montrer comme je coupe vite les légumes.

Les légumes sont bien alignés sur la planche à découper et fermement tenus de la main gauche, pendant que la droite actionne le couteau de haut en bas, rapidement, la pointe toujours en contact avec la planche. La coupe de légume semble faire son effet auprès de la mère de Marco, qui a cessé toute activité pour regarder. Mais Marianne, consciente de ce regard, se coupe l'index et le jus de l'oignon entre dans la coupure.

La mère quitte la cuisine un instant et revient avec un diachylon. Pendant que Marianne achève de couper les légumes, elle entreprend de déballer le poisson.

– Du poisson, tiens tiens, quelle sorte de poisson ?

Marianne, qui ne connaît évidemment pas la réponse, compte sur le fait que la mère verra le filet d'une seconde à l'autre.

– Bon, de la sole, dit effectivement celle-ci. Où tu l'as pris, ton poisson ?

Marianne se rappelle tout à coup qu'elle se trouve dans une famille de pêcheurs et que le cousin de Marco, digne descendant du grand-père, détient le quasi-monopole de la vente de poisson dans les environs. Elle a vu l'énorme demeure qu'il a construite au sommet d'une colline, elle a vu ses bassins de pisciculture. Dans la région pauvre, pauvre, pauvre, leur nom de famille trône, entouré d'un gros hameçon rouge, sur la devanture de tous les poissonniers du village et de l'usine où on filète le poisson avant de l'expédier. La mère, elle-même fileteuse chevronnée, est occasionnellement à l'emploi de ce cousin. Elle tient à préciser que son neveu requiert toujours son aide avec une politesse extrême et qu'elle lui fait une faveur en se rendant à l'usine. Elle a depuis longtemps dépassé l'âge auquel on prend généralement sa retraite. Elle enfourche néanmoins sa vieille bicyclette aux pneus mous. Quand on la voit passer sous le soleil abrutissant de la grande route avec sa veste de laine et un foulard autour du cou, on comprend tout de suite qu'elle va passer la journée avec les poissons et les autres fileteuses dans le frigidaire de l'usine. Elle travaille vite avec ses mains courtes et en tire une rémunération quasi symbolique. Personne n'ignore que la loi prévoit un salaire minimum, mais personne ne sait de combien, sauf les patrons qui prennent soin de se tenir en deçà. Contente de travailler, fière de bien travailler et soucieuse de contribuer à l'entreprise familiale, la mère ne se pose pas de questions. Elle rentre à la maison juste avant le souper. Par un phénomène étrange qui tient peut-être à sa longue habitude de la pêche, elle ne transporte jamais de relents de poisson. Parfois, mais rarement, elle dit qu'elle est un peu fatiguée.

– Où tu l'as pris, ton poisson ?
– Sur la *piazza della Fontana*.
– Et combien il te l'a fait payer, ce salaud ?
– Ben, heu, peu importe.
– Cher ?
– Pas trop...
– Combien ?

Pendant que Marianne cherche une réponse suffisamment évasive pour sauver son honneur et suffisamment précise pour satisfaire son interlocutrice, celle-ci fouille dans les plis du paquet pour trouver la facture. Elle la trouve.

– Ça aurait pu être pire. Qui te l'a vendu ?

– Un monsieur.

– De quel âge ?

– Les cheveux blancs, un peu chauve, les yeux bleus.

– Avec des lunettes ?

– C'est ça.

– Tu sais qui c'est celui-là ?

– Non.

La mère bombe le torse, comme si ce qu'elle s'apprête à dire allait dévoiler qu'elle tient les rênes de l'économie occidentale :

– C'est mon frère. Avec ton accent, il a bien vu que tu es étrangère et il s'est dit aussi bien en profiter, mais la prochaine fois que tu y vas, écoute-moi bien, tu dis, comme ça : « Vous savez pour qui il est ce poisson ? » Il dira : « Non, pour qui ? », tu diras : « Il est pour la Rosina », c'est comme ça qu'il m'appelle, « il est pour la Rosina et donnez-moi le meilleur ! »

– Bon, dit Marianne qui commence à s'énerver et qui, en s'énervant, tranche un bout de diachylon avec son couteau et sent le jus de l'oignon entrer de nouveau dans la coupure.

La mère lui jette un coup d'œil rapide et consterné, puis continue fouiller les sacs.

– Du pain, du persil, de l'ail, j'ai tout ça déjà, tu aurais dû m'en parler. De la moutarde, tiens, on ne mange jamais ça, tu la ramèneras là-bas, dans l'autre maison. J'allume le four maintenant ? Est-ce qu'il te manque quelque chose, dis-moi, de quoi tu as besoin ?

De ma mère, pense Marianne, au secours maman, mais elle répond :

– D'une grande poêle. Vous avez du beurre ?

– Oui. Mais ce serait mieux avec de l'huile.

– Non non, du beurre.

– Bon, voilà le beurre.

Marianne fait revenir son oignon dans le beurre, elle a du mal à contrôler le feu, le beurre roussit, les oignons brûlent. Elle ajoute le persil, la mie de pain, la moutarde (c'est ce que requiert la recette, que ça leur plaise ou non). Au moment d'ajouter le fromage, elle s'aperçoit qu'elle a omis de le râper. Elle baisse le feu, demande où est la râpe – ce qui prend plusieurs minutes, parce qu'elle ne sait ni comment dire « râpe » ni comment dire « râper » et qu'elle doit mimer sa demande. La mère, perplexe, finit par lui montrer la râpe à parmesan dont les trous sont minuscules. « Désolée, on n'a rien d'autre. »

Marianne entreprend de découper le fromage en tranches fines avec un couteau. Elle en mange un morceau en passant (elle est affamée) et reste saisie d'effroi : il ne goûte rien. Elle n'ose compenser le manque de goût par un supplément de moutarde. La gorge nouée, elle regarde le fromage fondre dans la poêle avec les autres ingrédients qui, pendant qu'elle mimait la râpe, ont pitoyablement ramolli. Le fromage fond en faisant de grosses mottes. Avec courage, elle dépose sa purée informe sur les filets crus et met le tout au four.

– Du fromage avec du poisson, vraiment ? demande la mère.

Marianne ne répond pas. Elle entreprend la confection de sa vinaigrette et de sa salade.

– Tiens, bonne idée de mettre tous les légumes ensemble. Attention à tes doigts.

– Oui.

– Qu'est-ce que tu fais ?

– La vinaigrette.

– Tu sais que Marco déteste le vinaigre.

– Oui, mais avec les autres ingrédients, ça ne goûte pas trop.

– Bon, fais comme tu veux, on verra bien ce qu'il dira. Attends de savoir, avant de verser la vinaigrette dans la salade.

– J'en fais plus, c'est la recette, comme ça vous pourrez vous en garder une réserve.

– C'est gentil, mais non, je pense, emmène-la avec toi dans l'autre maison, le vinaigre, la moutarde, vraiment, c'est gentil, mais bon, non.

Tout est prêt. Le poisson, la salade, la vinaigrette. Marco n'arrive pas. Pendant longtemps, Marco n'arrive pas. Pendant que Marco n'arrive pas, le poisson continue lentement de cuire dans le four tenu à une température minimale. Enfin Marco arrive. Il entre dans la maison et en ressort aussitôt pour aller nourrir les chiens. Il revient, demande s'il a le temps de prendre sa douche avant le souper, sa mère répond oui, Marianne non. Il se lave les mains et s'assied à table.

Marianne sort le poisson du four. Pendant qu'elle le dispose dans les assiettes, elle le voit se défaire : il est trop cuit. Beaucoup trop cuit.

– Qu'est-ce que c'est comme poisson ? demande Marco.

Marianne, qui a encore oublié le nom du poisson, se tait.

– De la sole, répond la mère.

– Où tu l'as pris ?

– Sur la *piazza della Fontana*.

– Et combien tu l'as payé ?

– Ben, bah.

– Cher ?

– Un peu. Peu importe.

– Écoute, la prochaine fois que tu achètes quelque chose, écoute-moi bien, j'irai avec toi. Ils comprendront qui tu es et, après, plus de problèmes.

– C'est ça, bon appétit.

Ils entament le poisson. La première bouchée le confirme : il ne goûte rien. Du coup, Marianne n'a plus faim. « C'est très bon », dit la mère de Marco, en se levant pour aller chercher la salière. Marco ne dit rien. Il engouffre. Il se ressert, il a beaucoup marché ce jour-là.

– Regarde la belle salade, dit la mère.

Marianne va chercher la vinaigrette et commence à la verser sur la salade.

– Attends, l'arrête Marco, il y a du vinaigre là-dedans ?

– Oui.

– Alors donne-moi une portion de salade sans rien dedans. *Mamma*, on a de l'huile ? Moi j'aime l'huile, tout simplement.

Marianne sent que la mère la regarde. Elle s'attend à ce qu'elle sourie, victorieuse, mais lorsqu'elle lève les yeux, elle la voit compatir. « Bon, pense-t-elle, pas de panique. Je vais me rattraper avec le pain perdu, c'est une recette que j'arrive à faire même avant d'avoir bu mon café. » Elle se lève, coupe le pain, le trempe dans le mélange d'œuf, de sucre, de vanille et de lait et le jette dans la poêle où fond déjà le beurre.

Jusque-là tout va bien, le feu est doux, le beurre ne roussit pas. Et puis, brusquement, tout chavire de nouveau lorsque, penchée au-dessus de la poêle, elle voit, impuissante, le lait faire des peaux et le pain se dissoudre lentement, quitter sa forme de tranche pour devenir un liquide granuleux, à l'intérieur de la croûte dure, narquoisement intacte. « Quel festin. Purée de poisson sec au fromage insipide, purée de pain au lait bouilli. Foudroyante révélation de mes nombreux talents. »

Elle-même réduite à l'état de purée, elle porte à ses convives d'énormes assiettes de pain perdu – jamais ce nom ne fut plus indiqué – qu'elle arrose, pour compenser, de la moitié du pot de sirop d'érable. Comme la température ambiante est, ce soir-là, de trente-sept degrés, Marco et sa mère, en mangeant leur dessert, se mettent à suer abondamment et leur visage prend un teint cireux. Ils mangent de plus en plus lentement, jusqu'au moment où ils se décident à repousser leur assiette, Marco d'abord, sa mère ensuite.

– Merci, Marianne, disent-ils, ce n'est pas que c'est mauvais, mais, tu sais, ici on n'est pas habitués aux desserts sucrés.

– Peu importe, dit Marianne, et elle se lève pour débarrasser la table, pendant que Marco et sa mère se frottent le ventre, affalés sur leurs chaises.

C'est lorsqu'elle se rassied que le verdict tombe, sans appel : « Merci, dit la mère, c'était gentil de faire le souper et on a beaucoup mangé. »

C'est une affaire classée. La mère dormira bien, ce soir, malgré sa digestion encombrante et ses effluves de compassion, parce que dans les purées de Marianne, elle a lu l'avenir, qu'elle connaissait déjà : Marco ne partira jamais.

Lorsque ta mère mourra, tu seras seul avec tes chiens.

Tu seras seul parmi les chiens et, plus que d'habitude, tu regretteras de ne pas être un chien toi-même. Tu mangeras des pâtes tous les jours, et des tomates dans l'huile. Ni les pâtes ni les tomates n'auront le même goût qu'auparavant, parce que tu ne prendras pas le temps de bien les saler ni d'ajouter du basilic. Les oiseaux abattus s'empileront dans ton congélateur, de temps à autre tu en offriras à tes amis, tu t'en serviras aussi comme monnaie d'échange. Tu cesseras de secouer tes bottes en entrant et feras dormir les chiens dans la maison. Tu balaieras une fois par mois, un peu vite, et en te limitant au dessous de la table de cuisine. Tu n'iras jamais au cimetière. Sur la tombe de ta mère, qui passe sa vie à fleurir celle des autres, il n'y aura pas de fleurs.

*Tu pleureras à peine, résolu depuis toujours à ton isole-
ment, qui te pèsera pourtant d'une manière nouvelle. Tu
penseras à elle tous les jours. Tu dormiras dans sa chambre,
qui est plus grande, mais tu n'y déplaceras rien. Tu laisseras
les vêtements dans la penderie, les crochets et la laine sur une
chaise.*

*Tes tantes essaieront de s'occuper de toi, mais tu refuseras
poliment. Tu es très poli malgré tout. Ta politesse frise l'impo-
litesse, tant elle est froide et convenue, tant elle marque à quel
point tu te veux loin de tous.*

*Tu regretteras certaines choses, peu de choses, de petites
choses, comme de n'avoir jamais appris à prononcer des mots
d'amour, comme de n'avoir jamais eu le courage de quitter la
maison, et tu sauras que ta mère a emporté dans sa tombe, avec
la recette de la tourterelle farcie, celles de l'amour et du
courage. Tu sauras que c'est d'elle qu'il aurait fallu apprendre
les paroles propices et qu'il aurait fallu cueillir dans son cœur
la permission de partir. Il sera trop tard et cela n'aura pas
d'importance, n'aura pas plus d'importance qu'aujourd'hui,
puisque, déjà, tu as renoncé, puisque tu as cimenté ton renon-
cement au mutisme, puisque déjà tu y trouves le confort relatif
que l'on trouve à toute ascèse.*

*Le jour où ta mère mourra, tu continueras de vivre comme
avant sa mort, saluant peut-être d'un geste un peu plus grave
les obscures volontés de la vie qu'en parfait fataliste tu as de
toujours accueillies telles quelles arrivaient, sans tenter d'y
changer quoi que ce soit.*

*Je serai ailleurs, alors, et tu m'auras retiré depuis long-
temps le pouvoir de caresser les pensées qui sont dans ta tête
et que j'ai aimées, toutes, sans les connaître jamais.*

IV

Tous les jours

C'est un champ de tournesols séchés dont le visage noir penche vers le sol. Marco porte la salopette de travail bleue dont il attache les bretelles sur ses reins, il marche devant Marianne. Elle le rejoint, le retient par une bretelle, à la couleur de ses yeux il comprend ce qu'elle demande.

Ils reviennent sur leurs pas. Il la prend sur ses épaules pour traverser le buisson d'épines. Ils montent sur la barque cachée entre les herbes et, dans le bruit lent du lac et le début du soir, entre les roseaux et près d'une autre barque, abandonnée, pleine d'eau, en un instant ils ont les genoux dans les échardes du bois, l'œil fabuleux de Marco est traversé par le soleil en fuite, son dos serti de cailloux, l'eau de son front tombe goutte à goutte sur la gorge de Marianne, il a les yeux fermés, puis ouverts, puis fermés de nouveau et, tout à l'heure, lorsqu'ils auront regagné la terre ferme, leurs jambes trembleront entre les tournesols.

Ce n'est rien, c'est si peu. Si peu, au début, arrive à rendre Marianne heureuse. Une première phrase dite sans erreur dans la langue apprise, le vert épais, phosphorescent de l'huile

d'olive ; une pluie magnifique qui dépeuple la plage et transforme la surface de l'eau en un tapis de sauterelles métalliques,
la vigueur que mettent les chiens à courir dans les champs et la
buée qui s'échappe de leur gueule ; l'écartèlement rouge des
figues mûres, l'immensité du lac sous sa nage avide, l'accent
caillouteux avec lequel on prononce son nom, la poignée de
basilic que le vendeur ajoute aux tomates et dont le goût piquant
déteint sur les pêches dans le même sac. La doublure de la joie,
pourtant, est amère d'emblée, puisque Marianne s'aperçoit, très
vite, qu'elle demeure sans résonance aucune à l'extérieur d'elle-
même, que la joie, cette joie, la sienne, reste incommunicable.

À table, vers quatorze heures, la phrase de Marco, toujours
la même, tombe comme un couperet : « Bon, moi j'y vais, vous,
faites ce que vous voulez. » Cette phrase, pour ne pas l'entendre,
Marianne s'enfuit souvent dès qu'elle a terminé son assiette.
On ne sait jamais exactement où va Marco. Il dit « travailler »,
mais il s'agit en fait d'un terme générique. Marianne le voit de
loin bavarder avec d'autres hommes à la terrasse d'un bar et il
garde toujours ses planches à voile sur le toit de la Jeep. En
réalité, il travaille le moins possible, juste ce qu'il faut pour
payer l'hypothèque, laissant la plomberie en plan et ses clients
sans eau dès qu'il peut se le permettre. Elle admire et méprise
à la fois cette façon qu'il a de remplir ses journées de conversations banales et de légers mensonges, de mener sa vie sans
urgence, en y mettant à mesure les choses dont il a envie.

De temps en temps, il vient stationner devant la maison vide.
Marianne ne voit pas sa voiture à cause du mur de pierre, mais
elle reconnaît entre tous le bruit du moteur dont elle a fait une
obsession. Il l'emmène boire un thé glacé ou nourrir les canards.
Comme elle ignore si Marco passera, elle tend constamment
l'oreille et, dans la rue, elle ne peut s'empêcher de jeter des

regards furtifs derrière son épaule. Il apparaît parfois, comme un champignon brusquement jailli du sol. Elle colle des messages à son intention sur la porte : je suis au lac, je suis à l'auberge, je dessine dans le village, je me promène dans le port. Au début, elle hésite à procéder ainsi, parce qu'elle se dit que les voisins seront eux aussi au courant de ses déplacements. Mais, s'apercevant que tout le monde sait toujours tout, de toute façon, elle colle des messages sur la porte. Elle est venue pour vivre avec lui. Elle ne le laisse pas perdre sa trace, parce qu'elle sait qu'il la perdrait. Parce qu'il la perd avec entêtement. Jamais il ne met à profit les petits billets qu'elle gardera tous en souvenir de Dieu sait quoi.

Elle accepte l'absence bien qu'elle en souffre, parce que cette absence, c'est lui. C'est sa façon d'être propriétaire de lui-même : libre. Elle sait qu'il attend d'elle une liberté semblable et, pendant les premières semaines, elle feint par tous les moyens d'être pleinement occupée par ses propres affaires. Jusqu'à ce qu'elle comprenne ce qu'elle n'avait pas compris jusqu'alors : le besoin d'un monde. Pour exercer sa liberté, il lui faut un monde. Il lui faut un monde dans lequel la liberté s'emploie à vaincre les inerties du monde et à s'allier son mouvement. Elle comprend aussi que le monde n'est pas d'abord un paysage, ni une œuvre, ni une démarche administrative en vue d'obtenir un permis de séjour, le monde ne tient même pas dans le besoin de boire ou de manger : elle comprend que le monde, ce sont les autres. On le dit bien, d'ailleurs, dans la langue française : « Il y a beaucoup de monde dans le monde. » Le même mot sert à nommer les gens et le lieu où ils se trouvent, et c'est parce que le lieu, ce sont les gens. Marianne, dans le pays de Marco, n'a pas de monde. Elle parle à des personnes qui ne lui répondent pas, qui se contentent d'accumuler à son sujet l'information qu'ils pourront transmettre à leur cousine ou à leur tante et qui leur donnera, pour deux ou trois minutes, le haut du pavé. Marco lui-même, dans cette situation absurde, devient ainsi le monde entier, bien qu'il soit sans doute l'individu le moins apte et le moins disposé à devenir le monde d'autrui.

Une lettre arrive de temps en temps pour lui rappeler qu'elle existe aussi ailleurs, avec la densité d'un agent actif normal. Mais une lettre est un témoignage bien modeste. C'est le résidu d'un moment passé dans la vie d'un ami, il y a deux semaines. À quelques reprises, le téléphone sonne pour elle. Elle le prend, maladroite, surprise par la simultanéité de sa voix et de celle de là-bas. Elle n'arrive jamais à articuler quoi que ce soit et, par cette difficulté, elle mesure la distance dans laquelle elle est jetée, l'opacité de la brume dans laquelle elle s'efface pendant qu'elle attend Marco qui n'arrive pas et pendant qu'elle travaille avec acharnement à demeurer au moins contemporaine d'elle-même, détachée de tous les continents du réel, mais encore arrimée au plus petit de soi, au souvenir de soi difficile à saisir, perdu comme une goutte parmi les gouttes de la pluie.

Un pêcheur amarre sa barque à un anneau de métal. Il s'arrête un moment et observe Marianne.

– Qu'est-ce que tu fais ?
– Je dessine.
– Qu'est-ce que tu dessines ?
– Les barques.
– Où est la mienne ?
– Elle sera ici.
– Tu es étrangère ?
– Oui.
– Allemande ?
– Non.

– Alors ?

– Canadienne.

– Comment ?

– Je viens du Canada.

– Ah. Combien de temps tu restes ici ?

– Je ne sais pas.

– Tu habites à l'auberge ?

– Non.

– Alors ?

Marianne fait un geste vague en direction de sa rue.

– À quelle adresse ?

– Trois.

– Ah !

Le visage de l'homme s'éclaire :

– Tu es l'amie de Marco.

– C'est ça.

Il la considère un instant, pensif.

– Sacré Marco.

Marianne remarque tout à coup la ressemblance frappante entre le pêcheur et la mère de Marco. Comme elle sait qu'elle a peu de chances de se tromper, elle demande :

– Vous êtes son oncle ?

Il est stupéfait.

– Oui, voilà. Je suis son oncle. Tu habites là où j'ai grandi.

– Ah bon.

– Je ne m'intéresse pas beaucoup à ce qui se passe à terre. J'ai pris une anguille aujourd'hui. Un jour, tu pourrais dessiner une anguille, c'est très beau.

Le repas du soir, quand Marianne est présente, se déroule comme celui de midi. Fulli vient l'accueillir sur le seuil. Il la devance jusqu'à la cuisine, se retournant deux ou trois fois sur le très bref trajet pour être sûr qu'elle le suit, visiblement désireux d'être un hôte agréable.

Fulli est le seul qui vienne à sa rencontre. En l'approchant, il tente aussi de surmonter sa jalousie, sa conscience douloureuse de n'être que l'aîné des chiens et de ne pas jouir, contrairement à elle, du grand privilège de monter sur le lit. Pendant le repas, il reste couché par terre, le plus près possible de la table et parfois, sans s'en rendre compte, il écrase le pied de la mère qui le pousse en jurant. Quand Marianne termine son assiette, il vérifie du coin de l'œil (couvert de poils) qu'elle en a fini avec sa fourchette et il vient lui poser la tête sur une cuisse. Marco dit, invariablement, « Fufu, non, laisse-la tranquille », mais Fulli, dans ce cas très précis, attend de Marianne la décision finale. Parfois elle dit non et Fulli, tête et queue basses, retourne se coucher par terre. Le plus souvent, elle ne dit rien et le caresse ; il laisse peser sa tête de plus en plus sur la cuisse, bave abondamment et ne la quitte pas des yeux. Marianne sait bien qu'il est le seul, sera le seul toujours, à s'approcher sans exiger de réfection, sans exiger rien d'autre que la main droite sur sa grosse tête poilue.

Au bout d'un moment, Marianne se lève et sort. Marco, s'il ne s'endort pas sur un coin de la table, viendra la rejoindre dans une heure ou deux. Dans la maison vide, elle n'allume pas. S'il vente, elle ouvre les fenêtres. S'il vient, Marco dit toujours : « Tu es dans le noir. » Toujours, elle lui répond : « Oui, je suis dans le noir » et, à mesure que les soirs se succèdent, elle trouve cette réponse de plus en plus pertinente. Marco allume sur son passage. Invariablement, il demande : « Qu'est-ce que tu veux faire ? » bien qu'ils sachent tous les deux qu'il n'y a absolument rien à faire, sauf peut-être prendre une bière au bar ou promener les chiens à l'entrée du parc national. Ils vont prendre une bière, puis vont promener les chiens.

Le matin, à cinq heures, Marco se lève, s'habille et pars. Chaque jour est un désert.

Et pourtant, dans la forêt nocturne, deux bassins de pierre recueillent l'eau chaude d'une source thermale. Ils se déshabillent. La nuit est mate sur la peau, la pierre glissante sous le pied, lentement Marco s'immerge dans l'un des bassins. Il s'accroupit, soupire d'aise, laisse le peu d'eau lui couvrir les épaules, il tend les bras, dans l'ombre on voit son sourire blanc flotter comme une luciole. Marianne met les pieds dans le bassin et plonge son corps dans les bras confondus de l'eau chaude et de l'homme.

Elle aime follement ce corps. Ramassé, hâlé, souple, parfaitement adapté à chacun de ses mouvements, comme s'ils tiraient tous, quels qu'ils soient, leur origine d'une absolue nécessité et leur forme d'un antique dessein (marcher avec énergie, presque verticalement, ouvrir la main dans l'exacte mesure de l'objet à saisir, la laisser décrire le discours dans l'espace, sourire abruptement, d'un sourire qui contient un plaisir toujours neuf). Ce corps qui sent les feuilles vertes et les feuilles mortes et qui bouge parmi les autres corps, elle aime la façon dont les vêtements tombent sur lui et le cachent, elle aime le privilège de sa nudité. Quand ce corps a froid, quand il tremble, la résistance parfaite qu'il oppose au vent ; le moment où ce corps bascule dans la jouissance puis dans le sommeil, le changement imperceptible de sa respiration, devenant profonde, irrégulière, et ses éveils en sursaut au moindre bruit de pas. Elle aime ce corps, follement, cette folie la perdra, elle le sait, mais cette folie contient pourtant le noyau du désir, la vérité animale de la chaleur vivante. Elle va vers ce corps, c'est une avancée irrésistible et désastreuse à laquelle elle consent de toutes ses forces et que ses forces fraîchement rendues à elles-mêmes saluent comme un miracle.

Il la serre contre lui. Longtemps, ils demeurent ainsi, nus et rassemblés, immobiles. Au-dessus d'eux l'obscurité a des cheveux d'éclairs, une tour du château tend ses créneaux entre les pins têtus, la nuit est immense, ils sont deux, un, à peine. Une masse lovée dans le bassin, avalée par le bois. Rendus l'un et l'autre à la première obscurité, ils ne disent rien – il n'y a rien à dire.

– Est-ce que tu donnes ton corps à la science ? demande Marianne à Marco.

Ils roulent dans la montagne. Marco connaît tous les chemins de terre, il les préfère aux routes asphaltées, il les emprunte souvent pour le simple plaisir de déboucher sur un champ, de s'emporter à grands cris contre un chat sauvage qui guette les mêmes proies que lui ou de voir un faisan affolé par l'aboiement des chiens en oublier ses ailes et traverser la route à petits pas pressés, frénétiques.

– Non, toi ?

– Bien sûr, pourquoi pas ?

– Parce que c'est le mien.

– Mais si tu meurs, c'est inutile.

– C'est encore le mien, non ? Toi, ton corps est à toi, non ?

– J'ai toujours pensé que c'était comme un emprunt.

– Et tu es qui, alors ?

– Moi.

– Qui, toi ?

– Moi.

– Le reste, en dehors de ton corps ?

– Peut-être.

– Non, mais écoute, ce n'est pas clair – tu es rarement claire, en passant – qu'est-ce qu'il y a d'autre ?

– Peut-être l'âme ?

– C'est quoi ça, tu utilises toujours ce mot-là, qu'est-ce que ça veut dire ?

– Je ne le sais pas plus que toi.

– *Ma dai*, si tu utilises le mot, tu sais bien ce que ça veut dire, non ?

– C'est le noyau.

– De la pêche ou du raisin ?

– Pareil.

– Je préfère la chair, moi.

– La chair vient du noyau.

– C'est vrai. Alors tu crois à l'éternité de l'âme.

– Probablement. Toi ?

– Non.

– Et quand on meurt ?

– Qu'est-ce que j'en sais, moi ?

– Mais tu parles à ton père, de temps en temps, tu me l'as dit.

– Peut-être que c'est à moi que je parle.

– Mais le sens de la vie, tu ne te poses jamais la question ?

– Non.

– Alors je te la pose, moi : qu'est-ce que c'est, le sens de la vie ?

– Ben…Vivre.

– Ça s'arrête ici, alors.

– Oui. Je suis chez moi ici.

– Ici ?

– Dans la vie.

– Dans ton corps ?

– Dans mon corps qui est dans la vie.

– Mais ça, ton corps, ça ne te semble jamais une chose étrangère ?

– Des fois j'ai mal ou je suis fatigué, mais c'est *ma* douleur et c'est *ma* fatigue.

– Tu ne sens jamais le besoin de t'approcher ?

– De quoi ?

– Du monde.

– Non. Toi ?

– C'est difficile pour moi d'être tombée dans le monde.

– Tu es tombée dans le monde, toi ?

– Ou le monde m'est tombé dessus, qui sait ?

– Et avant que ça tombe, où tu étais ?

– Entière.

– Mais moi je ne manque de rien ici, je mange, je dors, je bois, tu es là, regarde, il y a des arbres, ils font des fruits pour nous, ils ont des semences pour les prochains arbres, et il y aura des canards au début de la saison de chasse – peut-être pas en novembre, par contre, tu sais, les chasseurs sont imbéciles, ils tuent tout ce qu'ils voient dès le début de la saison. Regarde, Marianne, il fait soleil, de quoi tu manques ?

– De moi, peut-être.

– Mais non, tu es toi, de quoi tu manques ?

– Du monde, alors.

– Mais il est là, le monde.

– Mais j'ai toujours l'impression que ce n'est pas pour moi.

– Mais non, tu te trompes, c'est là, c'est pour prendre. Pas pour voler, bien sûr – tu sais, il y a des chasseurs stupides, ils tuent plus d'animaux qu'ils peuvent en manger – c'est là quand on en a besoin, c'est là pour nous parce qu'on fait partie du monde.

– Tu as raison.

– Mais non, allez, je pense comme ça, c'est tout.

– Pour toi c'est naturel de vivre.

– Ben voyons, rien de plus naturel.

– Et mourir ?

– Quoi ?

– Tu as peur de mourir ?

– Non, mais je voudrais vivre le plus longtemps possible. Je suis bien sur la terre. Je voudrais être immortel. Dis-moi ce qui te manque.

– Voler.

– Voler ? Il y a le ciel, c'est fait pour ça. Il y a le grand lit dans la petite maison, c'est fait pour ça, Marianne, c'est fait pour voler.

– Au Québec il fait froid six mois par année.

– Et ton âme, alors, tu la chauffes tous les jours ?

– C'est ce que j'essaie de te dire.

– Viens habiter chez moi alors.

– C'est ce que j'essaie de faire.

– Viens, on sera immortels tous les deux.

Plus tard, Marco arrête la voiture pour cueillir une fleur d'artichaut géante, mauve et blanche, avec des feuilles qui pointent à la fois vers tous les coins de la terre.

Ils entrent l'un dans l'autre, c'est leur état le plus normal, le plus rassurant, le plus proche de celui où l'on fait entièrement partie du monde. Intempestifs dans le froid tendres la canicule dans la pluie le matin les champs doucement la nuit à peine de nouveau orageux perdus neufs éternels jusqu'à – éternels. Comme si leurs corps n'étaient, naturellement, qu'un seul et même corps pressé de se reconnaître lui-même. À la recherche désespérée de son propre code. Comme si cela était prévu. Comme si le déjà-prévu était à incarner d'urgence, avant la séparation elle-même prévue et crainte, parce que déjà, elle aussi, advenue. Comme s'il s'agissait de n'être pas né encore en sachant que cela viendra bientôt : la rupture des eaux. Ils cherchent à tâtons une forme pour Dieu, ils entendent dans le gémissement de l'autre la souffrance de son incarnation et sa jouissance d'animal fou. C'est une œuvre gigantesque. C'est leur façon de parler la même langue, de se savoir compris et confirmés, sans nul doute possible, dans leur cœur semblable. Ces heures arrachées à l'ordinaire leur donnent la certitude d'avoir tout à vivre l'un dans l'autre, l'un pour la jouissance de l'autre, et c'est pourquoi il n'y a entre eux ni pudeur ni hésitation, il y a le pouvoir démesuré de poser la main là où se devine le désir et là où il va incessamment, immédiatement se transformer en plaisir – rien que le début d'une caresse suffit parfois, ou une façon de tendre la nuque, de délacer le soulier, parfois il leur faut toute la nuit pour y arriver épuisés, tremblants de l'intelligence de l'autre, émus de son abandon.

J'écris chaque matin, c'est pour avoir près de moi, le plus souvent possible, les mots « soleil » et « fleur » – je suis pauvre. C'est pour imaginer que mon crayon, en avançant sur la feuille, percera le papier jusqu'à l'aboiement des chiens, et j'arrive parfois à n'être plus que ce lieu, sans arrêt ni fatigue, et malgré tout.

Ce sont les petits gestes qui font vivre, pourtant c'est aussi leur petitesse qui donne envie de mourir. Par le bruit des assiettes dans le lavabo, entre mes orteils et le drap de coton ; avec ton absence cachée comme une grenouille sous les choses tièdes de tous les jours, peut-être ne fallait-il rien espérer. J'aimerais que tout ce qui m'appartient puisse tenir dans une seule boîte de carton, légère, afin de pouvoir partir de nouveau, n'importe où.

À l'aéroport, lorsque les douaniers ont fouillé ma valise et m'ont confisqué les tournesols que j'avais rapportés, ils ont aussi examiné, perplexes, la fleur d'artichaut, mon visage défait et le visage séché de la fleur, et ils me l'ont rendue, au bout d'un instant, pour que je la mette dans ma chambre pendant l'hiver suivant, qui allait être long, très long, rien qu'à voir mon visage, ils le savaient, c'était un présage plus certain encore que la peau des oignons : le prochain hiver serait dur à passer.

Le nœud de ta salopette est aussi éloigné de moi qu'un film chinois, qu'un roman du XIXᵉ siècle, qu'un rêve à demi refoulé. Aussi éloigné que les souliers laqués pour la pré-maternelle, que les branches emportées par le fleuve jusqu'à Sorel ou Baie-Saint-Paul, jusqu'à la mer, que le chalet où je passais l'été à tirer les cheveux de mon frère. Sur la place centrale du village, entre l'horloge et le bar des hommes où tu ne m'as jamais laissée te payer un café, sous la pluie des gammes des élèves médiocres se tient toujours cette part forte de mon âme, celle de la foi. On l'entend peut-être encore se cogner à ta porte et se tenir, les soirs de grand vent, sur la promenade du port, les bras grands ouverts, espérant un orage qui ne saurait tarder – ma foi.

J'ai mis dans ma chambre la fleur d'artichaut géante cueillie par toi au bout d'une route difficile et dans ses épines je vous vois tous. Mon vide, c'est celui-là : c'est le fait d'avoir dû m'amputer de la foi et de vivre maintenant des miettes de jour, regrettant vaguement de n'être plus là-bas, sachant vaguement que j'ai bien fait de partir, ne trouvant ici dans aucun visage la trace lumineuse du tien et la cherchant pourtant sans repos, peinant dans cette recherche aussi fuyante qu'un savon, tâchant de m'engager dans ce qui m'entoure en découvrant à mesure que je ne m'engage plus. Ma foi : elle boit un vin dont le bouchon explose dans la gaieté qu'il couve et elle sourit, comme vous, exempte d'ambition. Là-bas, sur la grande place, elle a chaud à seize heures et froid vers minuit, je la vois qui m'attend, elle dit : ne reviens pas ici, je ne saurais y être, retrouve-moi ailleurs, je ne bougerai pas.

Elle ne bougera pas de chez toi tant que je n'aurai pas trouvé l'ailleurs où la reprendre. Elle loge dans un espace métaphysique et si je faisais la folie de prendre l'avion, le train et l'autobus qui me laisseraient au pied de l'horloge un soir de semaine à dix-huit heures cinq, je n'arriverais pas à la reconnaître. Elle m'attend là où j'aurai la force d'être de nouveau en voyage. Elle reste chez toi, qui n'es plus un voyage, qui n'es plus que le résidu du plus beau des voyages, elle reste en attendant que je trouve l'autre fenêtre par laquelle m'envoler, en attendant que je fasse un pas dans la vie de ma vie quelle qu'elle soit – ma foi, en attendant il faut souffrir qu'elle me regarde de si loin, de si haut, et d'avoir si peu d'ailes pour pouvoir la rejoindre.

Je voudrais que ta mémoire soit l'homologue de la mienne. Toi qui n'as connu que les franges extrêmes où tu m'as portée à ton insu et qui inventas pour moi, de manière invisible, le continent habitable, le continent impérissable, l'heureuse démesure – je suis ici maintenant, dans mon pays l'hiver est long, il est dur et j'ai tant à faire pour me recommencer.

– Tu ne dis rien de toi.
– Il n'y a rien à dire.
– Pourquoi tu es devenu plombier ?
– Pour pouvoir travailler seul.
– Et tu aimes ton travail ?
– Il faut bien gagner sa vie.
– Qu'est-ce que tu préfères dans notre lit ?
– Tout.
– Pourquoi tu utilises toujours le mot vulgaire pour dire « faire l'amour » ?
– Parce que « faire l'amour » est beaucoup plus large.
– C'est-à-dire ?

– « Faire l'amour » veut dire tout ce qui est fait par amour, non ?
– Par exemple ?
– Par exemple, converser.
– Ah.
– Comme ça c'est plus précis.
– Est-ce tu penses que Fulli et Argo te parlent ?
– Non. Oui. Avec leur queue. Et Fulli sait sourire, tu as déjà remarqué ?
– Non.
– Regarde la lune. Combien de jours encore avant qu'elle soit pleine ?
– Vingt-huit.
– On voit que tu viens de la ville.
– Quoi ?
– Regarde bien.
– Oh. Quatorze.
– Regarde-la plus souvent.
– Est-ce que tu parles avec ta mère ?
– Jamais.
– Qu'est-ce qu'elle sait de moi ?
– Rien.
– Tu penses qu'elle espère que je parte ?
– Pourquoi ?
– Pour être sûre que toi, tu ne partiras pas.
– Ça me regarde.
– Tu viendrais dans mon pays ?
– Peut-être.
– Non, jamais.
– Peut-être jamais, non.

Je t'ai aimé dans ton silence d'homme en révolte contre le mystère des femmes et je t'ai attendu tous les jours comme j'attendais mon père, à l'heure du souper, au pied d'un vieux chêne. Mon père m'enseignait l'absence quotidienne et la présence rendue, il m'enseignait, ainsi, le sens de la promesse, le sens de l'autre, qui est autre, irréductiblement, et qui oblige à devenir soi-même à force d'attendre et d'être seul dans l'attente. Tu t'es toujours tenu à l'extérieur de moi et c'était bien ainsi, c'était bien jusqu'à ce que je comprenne que tu ne passerais pas me prendre près du chêne, que tu me laisserais t'attendre et m'épuiser dans l'attente. Mon père rentrait immanquablement, il me prenait sur ses genoux pour conduire sur le chemin de gravier. Sans doute est-ce aussi pour cela que j'ai dû te quitter.

Marco n'exige rien de plus que ce qui lui arrive. Il « travaille ». L'automne et l'hiver, il va à la chasse. Les jours de grand vent il fait de la planche à voile, les jours plats il parle du beau temps avec des gens auxquels il ne s'attache jamais. Il n'a pas d'amis, ou si peu, des amis qui ne savent rien de lui, puisqu'il ne dit jamais rien. Il a des amis perdus, ceux-là sont nombreux, il a rompu avec eux pour diverses raisons, la principale étant qu'il n'a aucune pitié pour le genre humain.

Marco est fidèle à lui-même, il est fidèle à ses chiens. Il mange deux fois par jour chez sa mère, il paie ponctuellement les comptes et l'hypothèque. Il est fidèle à sa faim, à sa soif, à son besoin de sommeil, peu importe l'heure, peu importe le lieu. Même s'il aimait d'autres femmes, Marco serait fidèle, d'une certaine façon, il serait fidèle à son désir, et cette fidélité qu'elle admire rend Marianne capable de tout accepter.

Marco est fidèle à la vie pour laquelle il est né. Il s'en plaint pour la forme, mais ne la change jamais. Son corps est fidèle à sa vie, juste assez foncé pour ne pas souffrir du soleil, juste assez musclé pour ne pas fournir d'effort. Il n'est jamais allé chez le dentiste, ses dents sont remarquables et, lorsqu'il vise un oiseau en plein vol, il ne le rate jamais.

Le silence de Marco est fidèle à sa parole. Il arrive qu'il se taise et il arrive qu'il parle, et la différence entre ces deux états, si surprenante qu'elle soit pour son entourage, n'a pour lui aucune signification.

Lorsque Marianne entre dans la mécanique parfaite de la vie de Marco, elle fait des pas de souris pour ne rien y briser, comprenant pourtant qu'elle est en train d'y creuser un trou qu'elle laissera béant le jour de son départ, comprenant aussi qu'il ne lui sera pas donné d'avoir pour elle-même la grandiose modestie de Marco, cette joie tranquille des jours semblables sur lesquels le temps n'avance qu'accidentellement. Les nombres ne devraient pas compter. À plus tard comme à demain.

Dans la maison de sa mère, sa chambre est étroite, avec un lit de camp, trop mou, des trophées de chasse et de planche à voile, le matériel nécessaire pour fabriquer des cartouches ; des plumes de faisan et des tiroirs ouverts, des livres écornés, des cassettes, un dictionnaire italien-anglais, un dictionnaire italien-français.

Sa chambre est en désordre, son jardin, son garage sont en désordre. Les lieux ordonnés sont ceux de sa mère. Le désordre de Marco ne s'étale que dans les lieux permis. Il est contenu en lui-même, petits paquets déposés là, abandonnés au bon vouloir de l'espace. Sa négligence pour les objets est d'une grande douceur. Elle n'a rien de forcé ni d'agressif, elle n'a rien contre : elle est, simplement, cette grande souplesse du réel à l'aise dans son état actuel. Elle est, c'est tout, comme la croissance des mauvaises herbes.

Au-dessus de son lit, suspendu à l'armoire dans laquelle sa mère range méthodiquement ses vêtements propres, flotte son costume de plongée sous-marine, comme un corps lâche et poussiéreux. Marianne est terrifiée par ce pendu. Lorsqu'un soir elle lui demande comment il arrive à dormir avec ça, il lui répond en haussant les épaules : « Pourquoi ça devrait me faire peur, puisque c'est moi ? »

Marco n'a jamais pensé au suicide et il s'étonne même que cette pensée existe. Par contre, il est obsédé par l'imminence d'une catastrophe mortelle, avec une prédilection pour la morsure de vipère, tout en admettant une foule de variantes, le fusil d'un autre chasseur, la noyade de ceux qui mangent trop de melon ou de ceux qui, sur la planche à voile, se font surprendre par l'orage ; par les accidents de voiture, les attentats à la bombe, les mauvaises chutes, les empoisonnements alimentaires.

Un après-midi, il demande même à Marianne de descendre au garage pour lui montrer deux longues boîtes blanches destinées au stockage du poisson. C'est son cousin qui les lui a offertes et il voudrait s'en servir pour transporter le matériel de chasse.

– C'est dommage, dit-il après une hésitation, elles sont idéales, légères, spacieuses, et elles entrent bien dans la Jeep...

– Mais ?

– Chaque fois que je les vois, je pense à des cercueils et j'ai froid dans le dos.

Surprise par cet aveu, Marianne prend une boîte et la place debout devant Marco, qui la dépasse d'une bonne tête.

– Regarde, elle est trop petite pour toi.

– Mais si on me coupe les jambes ?

– Oui, mais de toute façon, si on te coupe en morceaux, tu entres aussi facilement dans un sac-poubelle.

Marco ne répond pas, mais, la semaine suivante, en entrant dans le garage, Marianne remarque que les boîtes ont disparu. La mort ne lui fait peur que dans la mesure où elle doit venir, de l'extérieur, interrompre l'équilibre de sa vie ordinaire et jouissante. Pour cette raison, paradoxalement, Marco se plaît à dire qu'il est immortel. Immortel parce que, dans les limites de sa vie jouissante, il est sans heure de coucher, parce qu'il peut se priver de café un jour et en boire douze le lendemain, parce qu'il ne se rase qu'une fois par année sans date fixe, parce que sa voiture tombe en morceaux, parce qu'il est pauvre et ne travaille qu'à peine. Marco dit qu'il est immortel : c'est parce qu'il se sait mortel et que c'est bien ainsi. Il y a la vie d'un côté et la mort de l'autre. Pendant la vie, on vit. La mort n'est que la fin de ce verbe.

J'ai mis une table dans une pièce vaste où le soleil paresse toute la matinée. Je m'y assieds, je regarde dehors, je regarde un arbre se tailler une place dans le ciel glacé, je regarde le froid faire craquer le toit de la maison d'en face.

Tes bras avaient une étrange façon de me serrer et de me relâcher aussitôt, comme pour ne pas me retenir, comme pour ne rien me promettre – comme pour se refuser à eux-mêmes le secours dont nous avons tous besoin et que tu ne souhaites, au fond, ni prendre ni donner à personne.

On ne chavire vraiment qu'en soi-même. Pourquoi ne pas appeler les présences nécessaires, les reconnaître quand elles viennent se poser comme des papillons blancs au bord de nos paupières, les remercier d'être venues, les accueillir chez soi avant que la nuit tombe et devenir pour elles, et pour les autres aussi, cette lumière que j'aime tant, dans la campagne nocturne, cette lumière appliquée à veiller sur le balcon du chalet et que viennent veiller aussi, par milliers, les insectes du voisinage – on pourrait devenir cela, cet espace tamisé de presque rien tranquille, et dormir alors, en confiance profonde, au flanc de soi-même éveillé, vigilant.

J'aurais voulu pouvoir t'aimer à partir de la vie. Il m'aurait fallu te perdre sur l'horizon, te confondre avec les choses aimées pour leur simple pouvoir d'être. Il m'aurait fallu t'aimer ni plus ni moins que l'enfoncement du pas fatigué sur la plage, avec cette manière épousante qu'a le sable de combler l'arche du pied sans rien perdre de sa propre forme. Je cherchais à puiser en toi l'amour premier pour ensuite l'élargir à tout et le distribuer comme les miettes du pain rassis qu'on lance aux oiseaux. Il aurait fallu t'aimer à l'envers, t'aimer parce que tu arrives en plus du déjà, parce que tu es ce plus bleu de l'eau et ce plus clair du ciel, la fraîcheur ajoutée à l'ombre du feuillage : comme l'abondance même du déjà-aimé. Il aurait fallu t'aimer comme on trouve une nouvelle façon de saluer les choses. Que t'aimer se produise dans l'impossible patience de l'être, pour te délier des fils cassants de l'attente et de la déception, pour ne jamais te priver de toi-même, et pour ne pas être si dépourvue, une fois disparue ton image.

J'ai mis une nappe sur la table, elle a la couleur d'un saumon et des fleurs tissées dans la toile. La nuit dernière, j'ai rêvé que je nageais dans un lac plein d'algues. Je voulais traverser le lac, mais aucune rive n'était la bonne, j'étais fatiguée, j'avais faim, je me suis réveillée assoiffée. Sur une île, je voyais passer une église dont les marches tombaient abruptement dans l'eau, elle était vieille, elle était sale, elle avait des murs pleins de trous, elle avait une façade plate et rose, elle était belle, j'aurais voulu y entrer.

Devant ma fenêtre immense, j'ai suspendu des plantes pour ne pas voir, pendant que j'écris, la terrifiante largeur du ciel. Le ciel, ainsi, est moins haut, mais il est aussi profond que d'habitude, il est infiniment profond, j'écris à partir d'une profonde fatigue. Je suis bête, je suis tendue, je suis assise à la table dressée pour le bonheur, le soleil plombe sur mon crayon, sur mon index, sur mon pouce, je n'écris rien. Je suis un mur rose, sale, plat, vieux, je suis un vieux mur plein de trous.

Mon cycle a vingt-huit jours, il tourne à l'heure près. Mon corps avance aussi bien dans la pénombre que dans la clarté, je suis aveugle. J'essaie de ne pas fumer, j'essaie de bien manger. C'est peu, en vérité, sous le marteau-piqueur.

Quand on relit les pages écrites, on se surprend d'avoir perdu la trace des hésitations, des ratures, du temps tellement long passé à se curer les ongles, à boire du café, à regarder le mur blanc. À désespérer de l'écriture, à désespérer de la solitude et à tout espérer d'elles, aussi. À souhaiter que le téléphone sonne, même pour un faux numéro. J'ai un peu mal à la tête. Je pense que ma tête manque d'espace de rangement. S'il y avait un tiroir de plus, je t'y coucherais, avec tes chiens, ta mère et les figues, j'y ferais se coucher pour de bon le soleil éternel de chez toi et je fermerais le tiroir, je le fermerais à clef.

Parfois, les gens pleurent dans les avions, personne ne leur parle, les hôtesses passent tout droit avec leurs plateaux de macédoine et de jambon, ceux qui les voient pleurer se demandent ce qu'ils ont laissé dans le pays derrière, le pays minuscule déjà, en bas, à peine une chaussette qui traîne sur le plancher de l'océan, leur peine immense à peine une tache criblée de nuages. Entre Rome et Montréal, dans l'avion où je pleurais, un homme est mort. Au micro, on a demandé s'il y avait un médecin dans l'avion, comme dans les mauvais films. On l'a demandé en français, en anglais, en italien et, oui, il y avait un médecin dans l'avion, qui parlait même les trois langues. Parce que j'avais réservé mon billet à la dernière minute, j'étais placée près de l'endroit où l'on range le matériel de vol et aussi, je l'ai appris ce jour-là, les cadavres. On a vite tiré le rideau, mais j'ai vu les pieds nus du mort, des pieds

*jeunes, et j'ai été surprise de ne pas être à sa place. « Quelle
idée de mourir dans un avion », a chuchoté une hôtesse à
l'oreille d'une autre. L'idée, c'est la mort qui l'avait eue, ses
idées à elle ne sont ni bonnes ni mauvaises, mais ce sont les
dernières.*

*En prenant l'avion dans l'autre sens, pour aller chez toi,
j'avais cru que, parce que je vivrais ailleurs, j'aurais enfin
l'impression d'être partout à la fois et d'être enfin, par
conséquent, là où je dois être. J'avais pris ton village pour
l'univers entier. Comme si l'on pouvait traverser l'univers
entier à pied en moins d'une demi-heure, d'un pas lent, essayer
tous les* gelati *de tous les bars et, en moins de deux semaines,
avoir trouvé le meilleur, sur l'avenue des Platanes. Non. Je
suis condamnée à n'être que le peu d'espace où déplacer mon
corps avec, au-dessus, l'exaspérant espoir que donne le ciel, à
force d'être le même pour tous.*

*Et toi. Tu es un microcosme parfait. Sur toi je n'ai pas fait
erreur. Tu es une forme d'univers, comme le sont aussi les gens
qui meurent dans les avions, ceux qui préparent le meilleur*
gelato *du village et ceux dont le visage se défait comme un
saule. C'est ce que je sais, maintenant, dans l'hiver qui avance :
le pays où l'on doit vivre ne figure pas sur les cartes géogra-
phiques. Le pays où l'on doit vivre, c'est l'humanité.*

*Et je vois bien comment, à certains moments bénis, la
question du lieu perd toute son importance du fait que le réel
se mette à parler notre langue imaginaire. Avant de revenir
chez toi, pour arriver à payer le deuxième billet d'avion, j'avais
exposé mes peintures. Pour l'exposition, j'avais écrit un texte
à propos de la recherche de lieux habitables. C'était un texte
où j'énumérais des ouvertures, insignifiantes en apparence,
mais importantes à leur manière. L'une d'entre elles s'imposait
sans raison, c'était une métaphore bizarre, sans résonance*

encore, étrangère à ma patience et je lui résistais en vain. C'était : « une bille bleue retrouvée dans un trou du sable ».

Un après-midi, la femme de ton cousin a décidé de m'emmener à la pêche. Elle a fait un détour par la ferme d'un ami à qui elle apportait des bidons à remplir d'huile. La ferme, une maison haute sur un terrain vaste, sommeillait contre un ciel surexposé. Un vieillard ronflait dans une chaise d'osier, les yeux à demi clos, une femme pleine d'exclamations venait vers nous, souriante, elle demandait des nouvelles, offrait un café et derrière sa voix se déroulait le ruban infini de la course des poules devant les ciao bella *du petit coq, s'allongeait le pas du vent dans les feuilles d'oliviers. Tout était à la fois humble, calme et sans trace d'attente.*

Pendant que les femmes jacassaient, je jouais avec le bout de mes souliers dans la terre sablonneuse. J'ai touché un objet rond et brillant, que je me suis penchée pour dégager du sol. Voilà, c'est tellement simple et c'est sans importance, je venais de trouver une bille bleue dans un trou du sable. La métaphore avait devancé le réel, c'était une chronologie défectueuse grâce à laquelle une autre métaphore devenait disponible, la bille disant soudain, dans sa langue inversée : oui, ne t'en fais pas, tu te trouves exactement là où nous t'attendions ; ne t'inquiète de rien, regarde plutôt comme le monde parle une langue familière.

Le grand-père m'observait en souriant. Je lui ai tendu la bille, il m'a fait signe de la garder. Je ne sais pas où elle se trouve maintenant, je l'avais mise dans ma poche, elle a dû tomber. Elle attend peut-être, dans un autre trou d'un autre sable, que quelqu'un la retrouve, que quelqu'un, en la retrouvant, la reconnaisse et qu'en la reconnaissant il sente enfin, lui aussi, qu'il fait partie d'un monde lisible.

V

La sueur

Da Nerone, ristorante : six sortes de grappa, bière blonde, rousse, noire, pizzas exotiques, *secondi* dévoreurs de porte-feuille, desserts accompagnés de *prosecco* ; un ancien moulin accessible par un escalier couvert de lierre ; la nuit éclairée à la chandelle, les napperons joliment décorés d'animaux, les verres épais et bleutés, les reflets juchés dans les miroirs et sur les plateaux de cuivre, les fûts de bière, chrome et porcelaine.

La propriétaire, Grazia, est une femme aux canines pro-éminentes, au visage squelettique, aux cheveux d'ébène ramenés vers l'arrière en une très longue tresse. Elle se jette sur Marianne chaque fois qu'elle la voit, comme un épervier sur une proie endormie. On a mis Marianne en garde contre elle, mais Grazia a pour l'appâter un ton séducteur, « joins-toi à nous », « ici, pour toi, la place est toujours ouverte », « je t'attends, ne m'oublie pas ». En somme, elle a la ruse de prononcer les mots de bienvenue que Marianne attend en vain du village en général et de Marco en particulier. Le travail qu'elle lui offre semble d'ailleurs le seul possible dans une région écrasée par le chômage et où l'espoir ne dure que le temps d'une saison touristique.

Un jour, Marianne s'y rend donc, autant par courage que par résignation. Grazia sourit à demi, la fait entrer dans la cuisine, lui explique qu'elle travaillera d'abord au bar, puis aux tables. « Aux tables ? » s'écrie Mario, son mari, qui vient de faire son entrée, « mais elle parle trop peu l'italien, ça sera un désastre ! – T'inquiète pas », répond Grazia, qui a toujours le dernier mot, « elle parle suffisamment pour se faire comprendre et assez peu pour avoir du charme. » Marianne a la gorge nouée, elle sourit bêtement, attend.

En juillet et en août, il fait généralement trente-cinq degrés. Mario et Grazia ont demandé à Marianne de porter des pantalons noirs et elle vient travailler trois fois par semaine avec un jeans neuf qui colle à ses cuisses pleines de bière, de limonade et de sauce à pizza. Le travail commence à dix-sept heures. Mario met de la musique, les employés préparent les salles. Il faut aligner les tables de bois et les banquettes sur les pavés inégaux de la terrasse. Tous les soirs, Grazia gronde en montrant à Mario combien tout est bancal, « il faudra y voir, on ne peut pas faire manger les gens là-dessus ». Tous les soirs, Mario, sans mot dire, remédie au problème avec des sous-verres en carton, trois sous une patte, deux sous l'autre, et l'opération se prolonge en contrôles de qualité finissant toujours par de profonds soupirs. Les employés placent les couverts, des centaines de couteaux, de fourchettes, de cuillers. De cendriers, de chandeliers, de verres. Une fois les tables mises, ils s'assoient pour manger. À l'instant même où ils avalent la première bouchée, Grazia bondit de son siège et signale à grands cris qu'il est l'heure de travailler.

Les étrangers mangent tôt. Ils arrivent vers dix-neuf heures, demandent à Marianne de leur traduire le menu, trouvent tout *sehr schön*, et sourient en mangeant. Les Italiens, eux, arrivent tous en même temps, vers vingt et une heures, faisant monter du coup la pression artérielle des serveuses, du barman, de la cuisinière, du *pizzaiolo* et de Grazia. Mario, entre deux plateaux volants, se sert une première bière, la rousse, sa préférée. Autour du geste lent qu'il prend pour la porter à sa bouche, les autres courent en tous sens, portent du pain, du sel, de l'huile, du vin, prennent une commande, remoussent une bière qui a trop attendu, lavent un verre, fouettent le lait d'un cappuccino et répondent à la sonnerie qui, du deuxième étage, annonce la naissance d'une pizza. Un client s'impatiente parce que son plat n'arrive pas, un autre veut tout savoir de l'hiver québécois et on n'entend rien de ce que demande le couple assis juste en dessous des haut-parleurs.

Il y a du travail pour dix, ils sont six à le faire, en comptant le plongeur.

Parfois, les fusibles sautent et l'obscurité tombe sur le restaurant comme une bénédiction. Dans la cuisine, on ne voit que le feu des gaz et ils pensent tous « Dieu soit loué ». « Dieu soit loué », murmure quelqu'un. Mais Grazia tout en blasphèmes se jette sur la génératrice et, en moins de deux minutes, a rétabli le courant, arraché les *crostini* du four et décoré mécaniquement trois assiettes de tomates naines et d'olives noires, les a déposées dans la main droite de Marianne qui tient déjà de la gauche une pizza gigantesque. Mario, voulant se servir une seconde bière dans l'obscurité, s'est trompé de fût, à regret il offre au client le plus proche le verre de blonde avec les compliments de la maison.

Chaque fois qu'elle entre dans la cuisine, il semble à Marianne qu'elle voit exactement la même scène : le dos courbé de la cuisinière et ses jambes qui lui font mal, les encouragements prodigués par le plongeur, les gestes brusques de Grazia dans lesquels on distingue en saccades, comme dans une peinture futuriste, le passage de tomates et d'olives prenant forme en des assiettes élégantes, aspergées de calomnies et pourtant sereinement digérées par la clientèle.

Vers minuit moins quart, le restaurant est le seul endroit encore ouvert au village (si l'on excepte la fruiterie que tient un vieillard dépressif et tremblotant qui préfère ne voir personne sans pourtant se résoudre à prendre sa retraite). Il est soudainement tranquille, assez pour que les employés aient le temps de distinguer les visages et de garder à l'esprit la géographie des tables. Mario lisse d'une main ses cheveux que la chaleur fait frisotter et il sourit piteusement chaque fois qu'il croise Marianne. Il soupire, sa lèvre tremble, il a les yeux mouillés, il avale une gorgée de bière et déclare : « Un jour, bientôt, je quitterai tout et j'aurai une guitare. » Marianne prend un plateau, va débarrasser une table, revient porter une commande au barman. « Oui, je partirai, lui répète tragiquement Mario. – Mais quand ? demande-t-elle. – Bientôt, répond-il, bientôt ». Sa femme sort de la cuisine en claquant la porte contre sa main de fer, elle les regarde un moment puis fourre trois assiettes dans la main de Marianne et l'envoie les porter à une table dont elle n'est pas la serveuse. Elle pousse Mario derrière la caisse, lui fait calculer des additions et, quand Marianne revient, les lui confie avec empressement. « Bientôt, vraiment ? » ; il baisse les yeux et termine sa bière d'un trait. « *Dai !* » s'impatiente Grazia.

Chaque fois, Marianne dispose pourtant d'un moment pour regarder la lune s'appuyer contre le toit d'en face. Sur son plateau vide vient parfois se poser un insecte d'été, un papillon blanc ou, vers la fin de la saison, une feuille morte tombant du lierre. Le restaurant domine le village en sommeil, noir sur le fond noir du ciel, on distingue à peine l'ombre de la tour d'une chapelle et celle des angles mêlés de tous les toits ensemble. Je suis ici, pense Marianne, dans la nuit ravissante du pays généreux. Cette nuit s'apparente à la mienne, elle a l'exacte température de ma peau et son passage tiède accompagne tout, ceux qui dorment et ceux qui veillent et ceux qui partiront bientôt pour la pêche. Dans cette campagne blonde dont on l'exclut tout le jour, elle découvre, surprise, la grande fidélité de la nuit, son pansement discret sur les écailles du mal, son sublime refuge dans la canicule, l'ouverture de ses bras noirs, bleus, blancs. La nuit dépose dans le plateau ses poussières d'obscurité et de lune, qui ne pèsent rien et apaisent de tout. Un rugissement de Grazia la tire de son extase, un client a renversé sa bière et Mario déboule l'escalier de la cave.

À minuit, en effet, tout se gâche de nouveau. Le restaurant se transforme en bar et une clientèle jeune et souvent déjà ivre débarque d'un coup, comme d'un autobus de Japonais devant le Vatican. Tout navigue dans la bière et le roulement des voix, des verres pleins échouent sur les dalles du plancher, des couples s'ébattent à l'abri des chandelles. Chaque nuit, les clients d'une table, jamais les mêmes, comprennent que Marianne ne comprend pas le dialecte et font entre eux des blagues salées pendant qu'elle attend leur commande, mal à l'aise, avec son crayon dans les airs et ses cernes sous les yeux. La fatigue des employés avance par-dessus la faim et leur énergie ne procède plus que d'exaspérantes rumeurs qui les poussent mécaniquement d'une table à l'autre et du bar à la pizzeria.

Vers deux heures quinze, enfin, la pizzeria ferme. À ce moment précis, et comme par l'effet d'une remarquable clairvoyance, un client commande une *focaccia* au romarin, provoquant chaque soir la même discussion. Marianne à Mario :
– On peut encore servir une pizza ?
– Non non, la pizzeria est fermée.
Puis, pris d'un ultime scrupule, Mario à Grazia :
– La pizzeria est fermée, non ?

– Mais non, mais non, encore une, il est à peine deux heures et quart.

– Mais le *pizzaiolo* a déjà éteint le four.

– Dis-lui qu'il le rallume, bon Dieu, c'est une vente après tout.

– Mais...

– *Dai !*

Mario à Marianne : un air désolé. Marianne au *pizzaiolo* : la mort dans l'âme. Le *pizzaiolo* : soupir et sourire entre les joues pleines de farine. Il rallume le four.

Peu avant trois heures, les derniers clients sortent ou sont discrètement mis à la porte par Mario pendant que Grazia a le dos tourné. Il s'y prend d'avance les soirs où Paolo (orphelin de père, élevé par sa mère concierge en périphérie de Rome, abandonné par sa fiancée l'avant-veille de leur mariage et célèbre dans toute la région pour avoir survécu à une chute suicidaire au bas d'un train en marche) vient prendre une petite bière, puis deux. À défaut d'être passé sous le train, il s'écroule ces nuits-là sous la table, risquant d'être balayé avec les autres poussières et mégots par les employés pressés d'aller au lit. Mario, lui-même passablement éméché, se penche sur lui et le secoue par les épaules. Avant de se cogner la tête sur la table, il lui annonce qu'il aura bientôt une guitare et qu'il s'en ira, puis il le tire par les pieds jusqu'à l'escalier et lui arrose le visage avec l'eau des plantes et une sincère compassion.

Les employés renversent les chaises sur les tables, lavent le plancher avec une eau pleine d'ammoniaque, brossent l'escalier avec une eau pleine d'ammoniaque, frottent la cuisine avec une eau pleine d'ammoniaque. Mario éteint la musique pour compter l'argent de la caisse et, les bons soirs, il se met à chantonner. Il se sert une dernière bière, en offre une à Marianne, « prends ton médicament », et cède parfois aussi aux supplications du barman qui n'est pas encore majeur. Entre trois et cinq heures, c'est, chaque fois, le grand ménage et Grazia, increvable, court d'un employé à l'autre en distribuant ses conseils, « remplis mieux ton seau, mais traîne-le par terre si tu ne peux pas le soulever, allez, dépêchez-vous, j'ai autre chose à faire, ramène vite le balai on en a besoin dans la cuisine, as-tu mis de l'ammoniaque dans ton eau ? Oui ? Alors mets-en encore ». Sa confiance dans l'ammoniaque est absolue, elle relève de la vénération, comme si, par lui, elle espérait une purification non seulement du plancher, mais également de l'âme, comme si l'ammoniaque allait pouvoir la laver d'elle-même. Car, enfin, il s'agit d'une femme malade.

Marianne prend la cassette derrière le bar, s'assied à une table et partage le pourboire en six parts. Chacun récolte une somme suffisante pour aller boire un café. Ils savent que la majeure partie des pourboires a disparu, ils ont vu les billets passer de la table à la caisse, qui est fermée à clef, mais personne n'en parle, puisqu'en parler ne changerait rien à la distribution et menacerait l'unique emploi disponible. Chacun reçoit le microbe de pourboire que l'avarice a épargné, une somme ridicule, une somme qui ne témoigne même plus de l'intelligence de camoufler leur vice qu'ont souvent les avares. La cuisinière l'empoche avec son grognement habituel, le *pizzaiolo* remercie. Le plongeur s'écrie pompeusement : « Marianne, ma chérie, je t'invite à souper » et, parce qu'il la fait rire, Grazia le met en garde contre Marco qui est jaloux et qui a un fusil.

La nuit est finie. Elle a duré un an, deux ans, peut-être dix, elle a duré un siècle. Si on arrive à ne pas penser à celle du lendemain on est soulagé, content, prêt à sombrer dans un sommeil où, à répétition, des verres pleins viendront s'écraser sur le sol. À la fin de la semaine, chacun recevra son salaire, moins de la moitié du salaire minimum légal, de quoi manger un seul repas *Da Nerone*, et encore, sans dessert.

En rentrant du travail, vers quatre heures du matin, Marianne, poursuivie par deux chiens maigres, traverse la grande place à toute vitesse et sa bicyclette qui ne tient qu'à un boulon fait un vacarme terrible sur les pavés inégaux. Elle longe le lac, les animaux du manège ambulant et la lune qui tremble à la surface de l'eau. La nuit, le jardin obscur est à elle, disparu, engouffré dans le lourd parfum fleuri qu'emmagasine la chaleur, et les espions dorment, Luigi, Santa, Giovanni, Alfredo, Illuminata, Fausto, Castissima, la tante cancéreuse et sa perruque, le grand-oncle et son regard concupiscent, *dormono tutti*. Marianne, invisible, épuisée, légère, s'assied sur le pas de la porte et allume lentement une cigarette dont le tison orangé fait un trou dans la nuit. Les arbres s'agitent au-dessus du toit pentu de la remise, elle regarde longtemps la fumée approcher des étoiles et écoute la source communale courir sous le ciment. Tout à l'heure elle y prendra de quoi arroser les fleurs et les haricots. À quatre heures du matin, la source donne avec beaucoup de pression, l'arrosoir se remplit tout de suite. Dans la maison, elle n'allume pas. Elle prend sa douche et lave sa chemise en prévision du lendemain. Puis elle s'efface dans un profond sommeil.

Doit-on penser le travail comme une activité secondaire ? Non.

Il faudrait pouvoir travailler en disant oui, encore, pourquoi pas, volontiers. Pour s'en rendre compte, il avait fallu à Marianne ces quelques dizaines de nuits à regarder l'horloge dont l'aiguille n'avance pas, à sentir gronder sous les mots conciliants prononcés pour elle-même ce mélange de haine et de pitié, à considérer en vain les issues économiques possibles et à déboucher sur cette oppressante révolte qu'ont en commun les prolétaires du monde entier.

Grazia et Mario ont été périodiquement dénoncés par les employés auprès des autorités, ils ont payé des amendes, Mario sans mot dire, Grazia en criant au scandale. Jamais, cependant, ils n'ont fait l'objet d'une inspection spontanée, sans doute parce qu'ils connaissent personnellement qui de droit.

Le *pizzaiolo* a deux enfants. Il a perdu un emploi de chauffeur d'autobus quand la compagnie a fait faillite. Depuis, il se considère chanceux de passer sept nuits par semaine à suer dans la farine pour un salaire qui nourrirait à peine une vache laitière. Il est le seul à sourire toute la nuit, parce que, dit-il, « ça vaut mieux que pleurer, et toi, Marianne, comment ça va, je vais te faire une pizza, je vais la cacher, regarde, sur la dernière tablette, il est déjà minuit et, en septembre, je t'emmènerai visiter Santa Marinella ». Ses yeux, pourtant, trahissent sa fatigue et son découragement, la peur vague que ses fils ne se transforment en anchois et lui-même en aubergine, et parce que cet aveu traverse le sourire comme la grille d'un confessionnal, il gagne à la fois en pudeur et en grandeur tragique.

La cuisinière a soixante-sept ans. Elle travaille au noir, parce que ni sa pension ni ses souvenirs ne lui suffisent, parce qu'elle est une femme robuste et efficace bien qu'arthritique. Son étonnant cynisme se manifeste immanquablement quand les fusibles sautent, comme si sautait avec eux sa bonne éducation. Un soir, avant que les clients arrivent, Marianne la surprend en train de pleurer dans la cuisine, épuisée d'avance, trop âgée soudain pour tenir dans l'haleine étouffante des fours et de juillet. Grazia lui fait un *caffè corretto* (*molto corretto*) avec de la sambuca. La cuisinière ne remercie pas, elle le boit d'un trait et commence à couper des tomates. Son dos est large et ses jambes enflées.

Jusqu'à la folle du village qui est mise à contribution. Pour le plus grand bonheur de Grazia, elle habite en face du restaurant, n'a que faire de ses journées et ne dort pas la nuit. C'est un service à lui rendre que de lui confier le lavage des tabliers, des linges à vaisselle et des guenilles, le pliage des serviettes de table. C'est valorisant pour elle, ça ne coûte qu'une pizza de temps à autre et, il est vrai, une certaine dose de patience pour l'écouter déballer ses inquiétudes existentielles déplacées sur le problème de son réveille-matin, qui est brisé, « *quando sarà possibile, signore, signora, quando sarà possibile farlo riparare, per favore, grazie signore, grazie signora* ». L'embêtant, c'est que son voisinage se manifeste parfois de façon trop bruyante en présence des clients. Heureusement qu'il y a une porte de sortie qui donne sur la colline. Heureusement qu'elle aime la pizza *margherita*. Heureusement qu'il y a toujours des guenilles sales pour l'occuper.

L'autre serveuse est une Écossaise victime d'une grossesse impromptue l'ayant confinée au village, dix ans plus tôt. Elle est maigre, elle est sèche, elle est rigide, elle bougonne. Quand elle sourit, ça ressemble à une grimace. C'est quand elle jure qu'on la sent au sommet de sa forme, quand elle envoie paître les clients sans qu'ils s'en aperçoivent.

Le plongeur étudie la traduction à l'université. Il parle déjà trois langues dans lesquelles il imite Grazia à part soi, au-dessus de l'eau de vaisselle. Il paie ainsi ses études, un peu de courage. Toute la nuit dans la cuisine avec la vieille cuisinière, il s'emploie à la faire rire, l'entoure d'attentions et d'anecdotes sur l'Amérique, où il n'est jamais allé, où il n'ira jamais, mais qui exerce encore, malgré le téléjournal, une grande fascination sur les mentalités. Il aurait une chance d'améliorer son sort, mais ce n'est pas certain non plus, déjà trente ans et un peu de ventre, il se trouve au moment où l'on bascule soit dans une vie meilleure, soit dans tant pis, trop tard : un peu de courage.

Marianne ne fait que passer *Da Nerone*. Elle vient d'ailleurs, elle ira ailleurs, elle le sait, tous le savent. Mais en observant le *pizzaiolo*, la cuisinière, la folle, le plongeur et l'autre serveuse piégés par la pauvreté économique et le dysfonctionnement administratif, elle maudit Grazia pour la facilité avec laquelle elle tire profit de la détresse des autres et trouve encore moyen de se plaindre du coût des aliments. Quand Marianne sera partie, ils resteront ici, occupés à vieillir entre les fours allumés, l'odeur brûlante de l'ammoniaque et les injures malades criées par-dessus leurs épaules.

Aussi, chaque soir et malgré elle, Marianne imagine des moyens d'altérer la réputation du restaurant. Insulter le meilleur client, échapper une bière dans un décolleté, mêler du sable à la salade, voler le tiers des fourchettes, retirer les sous-verres qui équilibrent les tables, refuser la réservation d'un groupe de vingt-cinq, ajouter de l'eau au vin rouge, servir le dessert dont la crème a tourné, couvrir les couteaux de miel. Les moyens sont infinis, elle n'est retenue que par son souci de ne pas priver les autres de leur emploi, si médiocre soit-il. Car ils n'essaieront pas de partir, elle le sait, le plus malheureux de l'affaire, c'est leur impuissance à s'imaginer eux-mêmes dans une vie meilleure.

VI

Sans le monde

Un matin circule dans tout le village la nouvelle que le lac a rendu le corps d'une jeune Suisse pendant la nuit. Marianne ignore si l'histoire est vraie, mais elle est incapable d'aller au lac ce jour-là, prise par l'idée cruelle que, se baignant presque chaque jour la première, elle aurait pu elle-même trouver le cadavre, prise par l'idée pire encore que cette mort lui était peut-être destinée.

Le mardi, la place centrale disparaît sous le marché fabuleux, chaotique, bruyant, balais, nappes, savons jetés dans des parapluies renversés, bijoux de plastique et d'aluminium, fromages, poissons, vêtements suspendus à des cintres comme une foule au-dessus de la foule, fruits, vaisselle, laine, sacs de cuir, boîtes à lettres. Un gros boucher. Outils de menuiserie, serviettes de plage, souliers, miel de châtaignes, prosciutto, noix, produits nettoyants, bonbons, ustensiles, cafetières, hameçons. Grosses femmes criardes, petits gitans, chiens pleins d'espoir. Marianne voudrait tout acheter.

Et puis, au bout d'un mois ou deux, elle s'aperçoit qu'elle évite la place le mardi et, lorsqu'elle y débouche par erreur, elle ne remarque plus que les hameçons, les boîtes à lettres vides, les jeunes hommes qui évitent leur belle-mère, les aliments moins frais, les coups de sac à main, les objets contondants, la chaleur sur le miel, les yeux des gitans – et les vêtements qui se balancent sur des cintres ressemblent à des pendus.

Au moment même où elle passe sous l'horloge figée de l'avenue des Platanes, un monsieur moustachu l'arrête pour lui demander l'heure. Une fois qu'elle lui a répondu, il continue de la dévisager, puis pose la question fatidique :
– Tu es étrangère ?
– Oui.
– Allemande ?
– Non.
– Alors ?
– Canadienne.
– Comment ?
– Je viens du Canada.
– Ah. Combien de temps tu restes ici ?
– Je ne sais pas.
– Tu habites à l'auberge ?
– Non.
– Alors ?
Marianne fait l'habituel geste vague en direction de sa rue.
– Là ?
– Oui.
– Tu es l'amie de Marco.
– Voilà.
– Tu sais qui je suis ?
– Non.
– Je suis son oncle, le frère de son père, Dieu ait son âme.

– Bon, enchantée.

– Moi aussi, vraiment. Dis-moi, tu n'as pas une amie aussi charmante que toi à me présenter ?

– Non, vraiment pas.

– Ah bon. À la prochaine, alors.

– Voilà. Au revoir.

Elle hésite toujours à dire qu'elle habite dans la maison vide. Elle sait qu'en l'ouvrant pour elle Marco s'est exposé et elle sent les ficelles invisibles qui l'attachent aux quatre coins du village, comme si la maison était aussi un mur du château, l'autel de l'église, le fond étrusque du lac. Marianne ne dit jamais qu'elle habite la maison vide, parce que ce serait faux : elle est une étrangère dormant dans la maison de la famille de Marco, dans leur village à eux, nonobstant les âmes mortes qui flottent dans le jardin et les âmes vivantes qui l'épient tout le jour.

« J'habite là », dit-elle invariablement, en pointant vaguement du doigt un lieu qui pourrait tout aussi bien être le Québec. « Dans une petite maison », ajoute-t-elle pour plus de précision. Et si on lui demande laquelle, elle donne l'adresse civique : trois.

Lorsque après le souper elle veut dire à Marco qu'il peut l'y trouver, elle s'efforce de ne pas dire « chez moi ». Elle dit « là-bas », « dans la petite maison », puis, plus tard, quand elle comprend qu'il n'y a rien d'autre à faire pour elle que d'y attendre Marco, elle dit, tout simplement : « Tu sais où me trouver. »

Dans le village, on sait tout de Marianne et on ne sait rien d'elle. On sait qu'elle a cueilli des fleurs dans le jardin et, par la fenêtre ouverte, on voit le bouquet posé sur la table. On sait qu'elle porte des pantalons colorés, anormaux, et une veste qu'elle devrait vraiment repasser. On sait qu'elle a pris du soleil, combien de cigarettes elle fume par jour, de quelle marque et tout le temps qu'elle passe à allonger son café sur la terrasse des bars. Elle crie parfois la nuit, elle a taillé le romarin, elle travaille régulièrement au restaurant, elle reçoit des lettres de loin et lit des livres en anglais, elle boit la grappa la plus forte, elle va le soir au bout du quai, elle peint dans la rue, elle pleure dans le jardin, elle a lorsqu'elle parle l'accent involontairement érotique des publicités, elle nage les jours de grand vent et sort de l'eau couverte d'algues. On sait qu'elle est plus jeune que lui et qu'il est plus pacifique depuis qu'il la connaît. On sait que la Jeep stationne rarement de jour dans la rue étroite, on sait cela, que Marianne est seule dans la maison vide, dans le pays doré, tout le jour et même parfois la nuit.

On ne s'informe pas de Marianne. On ne lui parle jamais. On parle d'elle. On ignore tout d'elle. On ignore la détresse qui gruge comme un rongeur son esprit fragilisé. On ignore tout de sa langue, de ses amis, du bruit des bottes sur la neige franche après six mois d'hiver, de la difficulté de peindre, de ses problèmes financiers. On ignore la voix qu'a pris son frère pour lui annoncer au téléphone la naissance de son fils.

Certains amis rejetés par Marco profitent pourtant de sa présence pour remonter jusqu'à lui. Ils l'apostrophent dans la rue, l'invitent à manger ou à boire un café, tentent de la faire parler. Ce sont des visages contre lesquels Marco l'a mise en garde. « Regarde celui-là, c'est un salaud, s'il te parle fais attention, il ment comme il respire. » Après avoir dressé ce mur paranoïaque, le dernier des honnêtes hommes disparaît dans son impalpable travail, pendant qu'elle déambule parmi les salauds.

Les autres membres de la famille de Marco, quant à eux, n'accueillent Marianne que dans la mesure où cela démontre que Marco leur appartient. Ils sont à la fois le salut de Marianne et sa condamnation à n'être plus rien d'elle-même. Un jour qu'elle sommeille dans le jardin, elle entend son nom et lève la tête. C'est la tante maigre et cancéreuse qui a ouvert sa fenêtre et agite un sac de papier. Elle dit « c'est pour toi, Marianne, est-ce que je peux descendre te le porter ? – Oui, bien sûr », naïve, enchantée. Le sac déborde, il est plein de figues mûres et grassouillettes, tout le contraire de la tante. Marianne remercie mille fois et en parle à table, le midi suivant. En chœur, Marco et sa mère s'écrient : « Mais où ils sont ces fruits, tu les as gardés pour toi ? » et se regardent, consternés. Marianne est l'ombre de Marco dans les rues du village, une voix audible à condition de se tenir hors de son propre discours, une créature rendue visible par son seul rapport aux villageois et, à même ce rapport, effacée d'autant plus.

La mère de Marco ignore tout elle aussi. Elle voit Marianne presque chaque jour à table, remarque son penchant pour la tarte. Elle ne pose de questions ni à Marianne ni à Marco, mais recueille en secret le plus d'informations possible. Qu'a-t-elle acheté au marché, combien de temps a-t-elle nagé, mon Dieu elle est folle, qu'elle se tape un bon rhume, a-t-elle dormi suffisamment, Marco a-t-il fait la sieste avec elle, non, il travaillait, bon, tout va bien, mais que mange-t-elle quand elle ne vient pas chez nous ? Il y a à la fois du courage et de la lâcheté dans sa façon d'observer Marianne. Il y a le courage de respecter son fils et de supporter sans broncher les ragots du village. Il y a la lâcheté de ne pas chercher à comprendre la singularité de Marianne et son apparent malaise. Marianne admire le courage et souffre de la lâcheté. Mais la lâcheté est celle de tout le village. C'est l'habitude d'évaluer les vies humaines avec les critères médiocres des téléromans. C'est le langage corrosif qui ronge les esprits vieillissants et les rend chaque jour plus étroits.

C'est pourquoi Marianne décide d'apprendre comment la faire rire. Elle se moque de Marco, elle se moque d'elle-même. La mère, en riant, montre ses belles petites dents et ses pommettes s'arrondissent, ses yeux brillent à travers ses lunettes. Marianne la fait rire pour l'amadouer, elle la fait rire pour l'apprivoiser, renonçant du même coup à ce qu'on l'apprivoise, elle, l'étrangère, la voleuse de fils. Elle se donne cet objectif modeste, insignifiant : au moins, ne faire fuir personne. Malgré l'effort invisible qu'elle déploie, elle se retrouve perdue au centre d'une périphérie déserte et tous les jours plus large.

À bien y penser, pourtant, chacun semble évoluer dans son propre désert. Plus elle maîtrise la langue, plus elle devine la platitude de ces vies que l'épaisseur mystérieuse du discours lui avait masquée. Son voisin joue toute la nuit à des jeux de guerre sur son ordinateur en fumant un joint. Quand il parle, c'est tellement, tellement vite qu'on se demande par où la voix deviendra enfin un sanglot. Mario travaille depuis dix ans dans son restaurant et dit avoir oublié de quoi sont faits les moments du jour. Une Danoise venue pour un homme rêve de repartir depuis très longtemps, elle se regarde, capturée dans la toile d'un couple sans âme et voit bien qu'elle n'arrive plus à bouger, elle le constate en s'efforçant d'y penser le moins possible. L'oncle Fortunato a pour métier de surveiller l'entrée des toilettes publiques, il passe l'été dans l'enveloppe des effluves humains, pendant que sa femme, la tante cancéreuse, fait vingt fois le tour du même quadrilatère, sans s'asseoir, sans parler, sans rien observer sur le trajet d'aquarium qu'elle reprend sans arrêt, adoptant, de temps à autre, un chaton abandonné qu'un gamin lui vole dès le lendemain. Un paysan du coin, fatigué de voir ses pommes raflées par des promeneurs, a décidé d'empoisonner quelques-unes d'entre elles au hasard et, par hasard, c'est son propre fils qu'il a failli tuer. Le vendeur de fruits et légumes se lance dans d'interminables monologues où il essaie de mettre le doigt sur le malaise qu'il a lorsqu'il pense aux femmes, « je manque d'interlocutrices, dit-il, des fois je vais à Rome, ça ne sert à rien, j'ai trop chaud dans ma voiture, je vends des légumes, c'est ce que je fais, c'est tout ce que je sais faire, mon Dieu j'aimerais pouvoir parler une autre langue, mais je vends des fruits, c'est ainsi, ça me prend tout mon temps, ça me donne peu d'argent, ça m'empêche de trouver une inter-locutrice qui cherche plus qu'une orange en hiver ». Le cousin distributeur de poisson attend son premier-né et l'imagine mâle, élevé par une nourrice anglophone, instruit dans une école américaine, libéré du village.

Ils poussent comme des plantes dans un pot si ancien sous un ciel tellement bleu qu'ils souffrent sans jamais penser aux ailleurs possibles.

J'ai aimé le calme sur ton visage attentif, une brise tiède y passait et des canards migrants. J'étais comblée par moments, par moments brefs et précieux qui firent faner tous les autres et me laissent, aujourd'hui encore et pour longtemps sans doute, reconnaissante, mais séparée de tout.

Je suis un chantier d'images serrées les unes contre les autres. Un point rouge entre les pavés de Florence indique l'endroit où fut brûlé Savonarole. J'ai vu le David *de Michel-Ange, surélevé, blanc, lisse, parfait, en voie d'être vainqueur, à la fois sûr de lui et inquiet d'une inquiétude juvénile qui ne nous quitte sans doute jamais. Autour de lui, les* Prisonniers *volontairement inachevés, corps crispés cherchant à s'évader d'une pierre malade, torses d'éclipse sans espoir de lumière, tendus par l'effort de l'affranchissement, dans la tâche infinie de se donner une forme. Il y a toujours l'écrasante tutelle des faits contre le devenir. La pierre est la peau est la peur est le poids de tout est l'obsession du bien et du mal dans laquelle la tête se tient à deux mains, pour ne pas céder à la tentation du sommeil.*

Je voudrais dans le mien ton sang parfait, je voudrais ta bouche de fourmi travaillante sur mon dos, je me suis avancée, je crois, trop près de ton soleil. Je me réveille la gorge sèche, tu n'existes qu'ailleurs. Tu dors à six heures de distance, immergé dans ces rêves auxquels tu crois de tout ton cœur sans jamais rien y comprendre.

Un jour j'ai marché avec toi dans un champ pentu duquel se voyait la ligne de l'eau. Les herbes se pliaient à septembre, tu me regardais regarder au loin, je portais tes vêtements et il ventait sous eux, sur mon ventre blanc, des vagues vertes dans les arbres, l'air de plus en plus mauve et, au bout des champs, un pommier plein de pommes, un figuier plein de figues, des raisins verts et violets que tu lançais à tes chiens comme on lance un bâton. On avait appuyé une échelle contre la branche d'un olivier, elle pointait en direction de la lune, laissant croire qu'on la toucherait au bout de dix barreaux de bois.

Je me réveille assoiffée, j'ai toujours un peu froid, je sais toujours, à tout moment du jour, que nous pouvons voler dans les traces de luge des étoiles filantes, tout près du frisson d'eau qui court d'une feuille à l'autre dans le jardin carré, comme si les arbres et eux seuls, nous voyant enfin endormis, se murmuraient, contents, notre récit tout neuf. Je me réveille dans l'enfer de la soif, drainée jusqu'à la dernière goutte par la mémoire avide de ta jouissance d'homme et il me reste bien peu, bien petit peu pour faire bonjour, ici, maintenant, et trouver du travail autour de ton absence, pour meubler le temps qui marche et nous sauvera peut-être, bientôt, enfin, de la peau l'un de l'autre. Tu n'existes qu'ailleurs, c'est-à-dire nulle part et, pourtant, cette figue rouge éclate, rouge encore, sur mes parois

*intérieures, comme n'en finissant plus de me remercier d'être
allée jusqu'à toi dans le pays des fruits mûrs et des voix déroulées.*

*Il faudrait qu'en volant, le sol ne vienne jamais à notre
rencontre, il faudrait pouvoir ouvrir les bras comme l'enfant
qui s'approprie la mer, le ciel et l'immense horizon, avec ce
sourire, plus large encore que les bras, heureuse dans l'accolade du monde venu la transporter très loin. Il faudrait avoir
tous les jours le pouvoir de dévaler la dune en riant, la patience
de nager jusqu'à l'instant béni où il sera possible de respirer
sous l'eau.*

– Il serait temps de laver tes vêtements.
– Bon.
– Apporte-les ce soir, au souper.
– D'accord.
Ce soir-là, Marianne apporte ses vêtements.
– Où est la machine à laver ?
– Ne t'en fais pas, je m'en occupe.
– Mais non, je m'en occupe moi-même.
– Mais non. Dépose ton sac sur le fauteuil, je m'en occupe.
As-tu amené aussi les draps ?
– Non.
– Il serait temps de laver les draps.
– Bon.
– Ce sera prêt demain.
Le lendemain, les vêtements sont propres, secs, repassés.
La mère lui tend le sac en disant :
– Et puis tu es laide dans ces vieux pantalons, tu en trouverais
de jolis pour presque rien au marché si tu te donnais la peine.
La semaine suivante, Marianne tend une corde à linge dans
le jardin et décide de laver elle-même ses vêtements à la main.
– J'ai vu ta corde à linge derrière la maison.

– Ah.

– C'est un mauvais choix.

– Pourquoi ?

– Ça manque d'ombre. Ton linge va brûler.

– Il y a de l'ombre le matin.

– Alors étends tes vêtements le matin.

– Oui. Merci.

À cause de la grande nudité des jours dans la maison vide, à cause du flottement des âmes errantes dans un paysage fait pour les dieux, la question terrible apparaît, dans l'air soudain dangereusement limpide : pourquoi cette vie plutôt qu'une autre, plutôt que rien. Y a-t-il un fil à tenir en vue d'un point fixe ?

Celui de la corde à linge, Marianne l'envisage progressivement comme une corde suffisamment résistante pour soutenir son propre poids, elle imagine un beau nœud oscillant sous le lustre du salon, proposant de tout cœur sa maigre accolade. Elle s'assied dehors et regarde la corde, elle s'assied à l'intérieur et regarde le vide. Mais ses dessins affichés sur le mur lui répètent toujours la même phrase : il t'est aussi impossible de mourir que de vivre, parce que tu n'as encore rien décidé.

Pendant des semaines elle se promène avec cette idée noire pendue au bout de la corde, et elle admire la trempe de Marco, dominé dans son sommeil par le costume de plongée sous-marine.

La mort était là. Je me souviens, dans la salle vide de la maison vide, j'avais ouvert les portes et elle les faisait battre comme un cœur sur le point de flancher, toutes artères frileuses. J'étais assise sur le plancher et je la regardais s'allonger sur les murs, les effriter davantage en poussière de plâtre, je voyais mes dessins lui résister de toutes leurs formes puis suffire de moins en moins à la tâche de me garder vivante. J'ai vu se faner le coin des feuilles et moisir la couleur. J'ai senti que, bientôt, mon corps allait se refuser le tien, j'ai senti que je m'apprêtais à détester la langue apprise par amour.

L'amitié ne lui vient plus que de présences fragiles – feuilles mortes, verres sales, anguille échouée, barque pelée, troncs tordus d'oliviers centenaires, buissons déguisés en poussière sur le bord de la route. La grammaire d'une vie raisonnable s'efface derrière la folie en germe. Les volets claquent la nuit. Et la voix de Marco résonne jusqu'à elle dans les instants de présence sans pouvoir la sauver de ce qui se traverse seul : le rien de soi à porter jusqu'au tout, à force de pas minuscules. Elle devient une chose dormante au pied de son amour. Aussi incapable de partir que de rester. Elle est le monde invivable du monde. Son seul travail consiste à ne pas craindre la profondeur de l'eau en nageant chaque fois plus loin de la berge.

– As-tu faim ?
– Oui.
– Très faim ?
– Oui.
– Qu'est-ce que tu as mangé à midi ? *Qualche panino ?* Qu'est-ce que tu manges quand tu ne viens pas ici ?
– *Qualche panino.*
– Bon. C'est bien ce que je pensais.

Pendant longtemps, elle ne va plus manger chez lui, il ne vient plus dormir chez elle. Cela se produit à plusieurs reprises, comme si, à intervalles réguliers, un mur devait surgir du sol et se dresser entre eux, impuissants à se rejoindre. Pendant ces périodes, elle reste assise dans le jardin, immobile, ou marche le long du lac, interminablement. Elle attend la pluie, qui ne viendra pas. Elle attend Marco qui, à sa manière, l'attend peut-être aussi.

Au cours d'une de ces périodes, Marianne entend s'ouvrir la porte du jardin. Marco sait qu'elle se trouve dans la maison. Il traverse le jardin, prend un sécateur qu'il avait laissé traîner sur le bord de la fenêtre, et repart en claquant le portillon.

Marco d'un côté de la fenêtre – dehors – elle de l'autre – dedans ; une fenêtre transparente, normale, propre, sans rideaux, et, pourtant, hermétiquement fermée sur leurs impuissances respectives. Reviens, voudrait-elle lui crier, tout en sachant qu'il n'en faudrait pas plus pour le voir disparaître à jamais. L'envie de couper toutes les fleurs du jardin, d'être dehors, comme lui, et d'avoir droit elle aussi à une poignée de réel aboutit dans un gin sur la terrasse déserte de l'auberge, un gin en plein jour. Depuis la neige d'il y a longtemps déjà, la colère n'était plus venue. Marianne fait irruption dans le bar et demande à bout de souffle quelque chose qui fait du bien. « Un thé glacé ? – Non, un gin », répond-elle avec une voix de basse, son poing tombant sur le comptoir. Les trois patronnes échangent un regard. L'une d'entre elles s'informe du problème, avec cette manière typique de condenser en une seule parole leurs innombrables questions au sujet de la vie des autres :

– Marco ?

– Quoi « Marco » ?

– Où il est, qu'est-ce qu'il fait ?

– Qu'est-ce que j'en sais ?

Marianne prend son verre, merci, et va s'écraser sur la terrasse. Elle aurait aimé que cet instant précis, cet instant de colère, s'échappe à travers la présence d'un autre, elle aurait voulu s'agripper à une manche pour ne pas quitter le réel à une vitesse vertigineuse. Elle regarde son verre de gin. La pulpe d'un citron y flotte tranquillement. Buvons lentement, pense-t-elle, à bout de ressources. Elle boit lentement. La terrasse est déserte. Elle ne trouve pas le gin assez fort, il n'a pas le goût rassurant de l'alcool. Elle aurait dû commander une grappa. Elle aurait dû apporter ses cigarettes. Elle aurait dû rester dans son pays.

Beaucoup plus tard, ce soir-là, la porte du jardin s'ouvre de nouveau. Marco s'approche d'elle, il pose une main sur son bras, c'est sa main, c'est bien elle, chaude, coussinée, et Marianne se déteste elle-même d'en être soulagée. « Comment ça va, qu'est-ce que tu fais, est-ce que je peux t'emmener prendre un *gelato* ? » Elle accepte. Quelques minutes plus tard, pourtant, elle comprend pourquoi il est venu ce soir, précédé par sa main comme par un ambassadeur. « Je suis allé à l'auberge tout à l'heure, dit-il. Je ne sais pas ce que tu leur as raconté, elles se sont moquées de moi toutes les trois. »

C'est confirmé. Il n'y a pas de premiers soins. Tous s'approprient la rumeur, personne ne s'approche du malaise. Elle aurait dû prendre un meilleur plan d'assurance. Elle aurait dû transformer la colère en un courage définitif.

VII
Rien

Maintenant, je voudrais écrire une histoire avec des personnages, mais, dans cette histoire-là, je vois bien qu'il n'y a que toi, moi, tes chiens et ta mère, un peu de vent, des milliers de tournesols, et le temps étrange dans lequel nous coulions tous, le temps de nos draps défaits, le temps de ma vie vide de tout et qu'il faudrait maintenant, à rebours, remplir des mots propices à la guérison.
C'est impossible.
C'est nécessaire.

Marianne se rend au port, où le ciel est large, froid, clair, et où la lune semble plus fragile, plus miraculeusement suspendue. Le port tinte dans le vent, les bateaux gémissent un peu, serrés les uns contre les autres, comme toutes les nuits. Mais cette nuit est une nuit d'éclipse. Lentement, elle ferme sur la lune sa paupière noire.

Et puis, lentement, elle la rouvre. Rien qu'une ligne, d'abord, une courbe effilée, parfaite. Le ciel glisse de la lune, la déshabille, lui libère le passage ; la lune le pousse, travaille à survenir. Ils rivalisent de passivité apparente ou réelle. À la fin, l'astre rendu est d'une pureté inédite. Il perce un trou dans l'épaisseur du ciel.

Il arrive que des moines doutent. Leur foi s'en va avec son baluchon, ils restent transis dans la structure pâle de leur Église, entre ses pierres moites. Quand la foi rentre à la maison, elle est plus pure, disent-ils, que jamais. Marianne pense à la nuit de tous et à sa propre nuit, à cette imprudence qui la fait s'enfoncer chaque jour plus profondément dans l'obscurité, elle pense à l'étonnante proximité du Dieu absent pendant que la lune se libère du siège de l'ombre, met le feu, victorieuse, à l'incommensurable, redevient l'astre le plus proche là où tout est lointain.

Son erreur – il n'y a pas d'erreur : elle fait simplement face au danger de vivre un poème.

Nous marchons seuls par milliers sur la petite planète, manquant toujours de tout et surtout de patience. L'éclipse dure une heure. La force humaine devrait être semblable à cette passivité royale. Lorsque nous tendons obstinément vers un point précis, nous négligeons de faire le détour nécessaire pour arriver doucement au but et sans rien briser. Marianne passe une heure à se dire que tout est perdu et que c'est une bonne nouvelle.

Puis Marco vient la chercher avec Fulli en laisse, sans même adresser un regard au ciel. « On gèle, ce soir, dit-il, allons boire un verre. »

Quand j'étais enfant, je faisais des pâtés sur la plage au bord du fleuve. J'aimais voir le sable humide, tassé, sortir comme un gâteau de mon seau. J'avais une pelle de plastique rouge pour le remplir et pour aplatir le sable jusqu'à ce qu'il soit lisse et dur.

J'aimais aussi creuser des puits. À deux mètres de la rive, j'entreprenais de faire un trou avec mes mains jusqu'à trouver le point où le fleuve passe sous la plage. J'aimais la pression du sable sous mes ongles, j'aimais sa fraîcheur et son humidité croissante jusqu'à ce que l'eau jaillisse.

Je me souviens d'un soir. C'était vers la fin de l'été. Le fleuve montait toujours un peu à cette heure-là, mais je ne m'en étais encore jamais aperçue. Lentement, l'eau vint rejoindre ma pelle. Au moment où je levai les yeux, une vague l'enveloppa. Quand elle se retira, je vis, pétrifiée, que ma pelle avait disparu.

Frénétiquement, je fouillai le visage du sable. Et je ne trouvai rien.

Je venais de voir la présence se transformer en absence par une mutation soudaine, imprévisible, violente, irréparable. Rouge, ma pelle – puis : plus rien.

Le pire, c'était l'indifférence du fleuve immense, ennemi-baleine, son gigantesque anonymat explicitement dirigé contre mon jouet, c'était sa connivence avec ma plage, c'était mon impuissance devant un tel complot. Puis j'acceptai de laisser disparaître ce qui avait disparu, sans que disparaisse jamais pourtant : la disparition.

Le temps se vide de lui-même, à force de ne rien faire. Le temps est tel que le montrent les horloges figées du village. C'est la vérité. Le jour est à la fois long et court, cela dépend de l'attirance du regard pour la silhouette de l'île, de la courbe du vent sur la tour du château et de l'attention qu'on met à scruter l'horizon, et à ne rien faire d'autre que cela, s'arrêter comme les horloges à l'œil écarquillé.

Une nuit vers deux heures, l'orage réveille Marianne par la fenêtre ouverte. Au-dessus du toit, le ciel claque comme un fouet. Elle sort, nue sous son imperméable et dans ses espadrilles. Il ne pleut pas encore, mais le gravier et les épines des pins craquent méticuleusement dans l'air lourd, les vagues se jettent contre le quai, les mâts en se cognant semblent sonner l'alarme. Marianne avance le plus près possible de l'eau. Elle regarde l'orage faire le tour du lac, aiguiser des éclairs au-dessus des villages comme pour les maudire, comme pour les absoudre et, de temps en temps, les envelopper tous ensemble dans un jour raté de moins d'une seconde.

N'avoir rien à faire. Se lever la nuit pour suivre l'orage, dormir l'après-midi en écoutant Fauré, être à toute heure dans l'éveil dans le sommeil indifféremment, tant que le corps ne réclame rien. Retrancher la nuit de la nuit et le jour du jour. S'asseoir dans le jardin immobile, décliner le chapelet du nécessaire et comprendre qu'on a tout égaré en chemin : le travail, le jeu, les amis, le reste.

Marianne a l'impression d'habiter le village depuis des siècles et de s'habiter elle-même depuis des millénaires. Dans l'autre vie, la vie active, les unités temporelles défilaient en ordre de grandeur, comme sur les pages d'un agenda : dans l'année, les mois ; dans les mois, les semaines ; dans les semaines, les jours : lundi, mardi, mercredi, jeudi, vendredi, samedi, dimanche, les journées étaient chronologiques, chacune avec ses heures de lumière et ses heures d'obscurité, l'aube, le matin. Midi. Le crépuscule, le soir, la nuit. L'aube, de nouveau. Le temps rangé, le temps organisé, le temps signifiant, le temps qui avance : la vie, privée des pousses imprévues des fièvres et des colères.

Tout à coup, prendre un avion et, littéralement, tuer le temps. Ne plus avancer qu'en restant sur place, avec du lait sur les lèvres et peut-être une noisette pour dire déjà l'automne, mais à peine, pour dire l'automne depuis toujours, à cheval sur l'été, un chat s'étire sur l'herbe brûlée et lundi, c'est aussi dimanche, et le sommeil du matin vaut bien celui du soir. Il n'y a pas de trottoir sur l'allée des grands pins, les épines tapissent la rue et les voitures zigzaguent entre les arbres ; plus loin, le sable de la plage grimpe les marches de l'hôtel et s'immisce dans les chambres. C'est la grande anarchie. C'est celle qui donne à entendre, par-delà les grilles horaires et les tracés urbains, le pacte qu'a passé la vie avec elle-même lorsqu'elle a jeté les humains dans la mortalité.

C'est l'anarchie venue par le désir pour un corps, le corps de Marco, son corps à peine détaché de la boue, un corps qui avance en deçà des langages, comme un morceau de nature accidentellement transformé en conscience humaine et plein des cicatrices blanches de sa vie égratignée par les jeux des chiens et le plaisir des femmes, par les épines des sous-bois et les cris des oiseaux abattus en plein vol. Le bonheur est fragile, il est violent, et Marco pose sa main sur la blessure par lui-même commise, pour tout réconcilier de sa brève présence.

Bientôt, un jour, Marianne retournera aux agendas de sa ville atrophiée, avec en elle béante la vallée des songes. Un jour, rendue au réel, elle se sentira comme un bouquet de fleurs au milieu de la rue. Elle devra rassembler tous les courages pour retracer en elle-même l'aiguille de l'horloge figée avec laquelle recoudre les temps décousus, afin de payer son loyer tous les premiers du mois sans s'effacer complètement sur le gris de la ville. Après Marco, elle cherchera plus que tout à préserver l'espace reconnu à travers lui, cet empiètement du sable dans les chambres d'hôtel.

J'ai songé à me pendre au plafond de la salle, toutes portes ouvertes, la tramontane serait passée sur mes membres, une porte aurait claqué. Je me serais déchargée du fardeau d'inventer le sens. Chaque fois, pourtant, par respect pour le mystère, je suis allée dessiner n'importe quel morceau du pays que frappaient ensemble l'ombre et le soleil. Lentement, pour m'absorber en eux. Je me taisais de plus en plus. Je m'ache-minais vers un état de pierre, celui d'une passivité qui ne réfère même plus à l'activité comme à son opposé – rien.

J'avais dépassé le stade où l'on réussit encore à s'arrimer au réel. J'avais basculé dans la non-volonté, davantage attirée par le fait de tomber que par celui de marcher. Il y a un nom banal pour cet état, « dépression » je crois. Je m'asseyais dans le jardin et m'occupais avec désespoir à n'être plus rien, assise sur une vieille chaise de toile trouvée dans les poubelles et par-faite ainsi, usée, juste assez inconfortable pour qu'on n'y demeure pas toute sa vie. N'être plus rien était le reste dis-ponible. Parfois, au milieu de cela, je vous entendais arriver, toi, tes chiens, votre désinvolture, votre ignorance soignée de l'étendue du désert.

– Qu'est-ce que tu fais ? demandais-tu.

– Rien.

– On va manger un gelato *?*

– Je n'ai pas le temps.

Tu souriais, je me levais, je pliais ma chaise, je choisissais toujours citron et toi chocolat, tu te plaignais de ton travail et des mille choses qu'il te fallait faire encore, puis tu disais :

– Bon, il faut que j'y aille.

– Bon.

– Où je te laisse ?

– Nulle part.

– Qu'est-ce que tu vas faire maintenant ?

– Rien.

Tu démarrais la Jeep, les chiens remuaient la queue, tu disparaissais de nouveau dans tes occupations invisibles. Je te regardais partir dans un état de décrépitude qui m'étonnait moi-même. Ton arrivée, ton départ, avec, de chaque côté, avant, après, l'absence : tu étais le canot de sauvetage me rejetant à la mer. Aucune terre en vue. Je rentrais à pied, avec une lenteur effrayante, comme si, entre chacun de mes pas, se précipitait le temps pour en faire un pas long, extravagant de longueur et, en fin de compte, je n'arrivais jamais à la maison, je m'asseyais quelque part au bord de l'eau et j'écoutais le lac, plein de lui-même, se ressembler sans cesse. Je fermais les yeux et ne faisais plus qu'écouter, devenir le bruit lent des vagues passant par-dessus les rues mortes des légendes et montant jusqu'à moi, sans demander où j'habitais, ni d'où je venais, ni pour combien de temps j'allais rester – gratuitement.

Tu possédais, en plus de la tienne, ma vie fragilisée, de laquelle tu ne savais que faire. Horrifiée, j'ai vu le sens de tout se cristalliser dans ta présence et je t'ai vu repousser ce rôle trop lourd, c'était ton droit le plus strict, ta cruauté légitime, je le savais, tout en m'enfonçant dans l'obsédant espoir d'entendre ta voiture, de nouveau, se garer devant l'entrée du jardin.

– Allemande ?
– Non. Québécoise.
– Comment ?
– Canadienne.
– Ah bon ! Ah ! Vous êtes l'amie de Marco ?
– C'est ça, oui.
– Et où il est, Marco ?
– Je ne sais pas.
– Ah bon. Et combien de temps vous pensez rester ici ?
– J'sais pas.
– Il est à la chasse, je parie ?
– Sais pas.
– Ah bon. À la chasse, sans doute.

Le cercle parfait.
La vie ronde de Marco. Étanche comme un œuf.
L'univers à l'échelle d'un village dont on ne sort jamais.
Tous les visages sont connus, toutes les paroles prévisibles.
La vie de ceux qui ont décidé d'être seuls. Plus rien ne leur manque. Ils sont ce qu'ils sont. La vie de ceux qui n'ont que leurs mains au travail. De ceux qui appartiennent au lieu dans lequel ils sont nés. La contingence géographique portée au rang de la fatalité : j'y suis né donc j'y reste.

Marianne voudrait vivre la vie contente de Marco. Elle voudrait avoir, elle aussi, le merveilleux sourire que lui donne la simple vue d'une famille de canards. Il court pour les compter, sous la pluie. Ses pas ne font aucun bruit sur le sol. Ils sont le sol. Il s'amuse de tout. Son tout est fait de peu.

Marianne a trop voyagé, déjà, elle a trop lu. Le vent importe en elle des espoirs, des désirs de justice. Rien ne lui suffit jamais. Elle n'imagine sa vie nulle part, elle la voudrait partout. Elle a froid, ainsi, dans l'ouverture des mondes possibles. Elle préférerait une vie comme celle de Marco, une vie ronde et close, un cercle parfait. Elle préférerait ne plus rien demander.

Il prend sa Jeep, de temps en temps. Il roule sur la grande route, tourne à gauche sans mettre son clignotant, la gauche étant, dit-il, sa tendance naturelle ; il longe le lac, il rentre chez lui. La boucle est bouclée. Le repas est prêt. Il mange, c'est bon, il est content.

Au début, Marianne a l'illusion d'entrer dans l'œuf de Marco et d'y trouver sa place. Elle a l'illusion d'être modeste. Elle croit qu'une place modeste dans un œuf clos lui suffira à elle aussi. Mais c'est l'œuf de Marco. On n'y entre pas. Il n'a besoin de personne. Et puis c'est trop petit. À deux, on ne peut y tenir. Même seule, à vrai dire, elle n'y tiendrait pas.

Je t'ai cherché dans ta vie parfaite.

Tu es, sans complément d'objet, sans complément circons-tanciel, et à cause de cette particularité, aucune préposition ne nous liera jamais.

M'approcher de toi et, par ton silence, me revenir doucement, péniblement, être renvoyée à mon plus bref réel, à mon nom le plus plat, tu disais cela, à force de ne rien prononcer : sois.

Derrière les trois fenêtres de la maison vide, j'étais incapable de survivre au fait brutal d'être en vie, d'être nue dans ma vie. Derrière les trois fenêtres et les deux portes, le temps devenait ennui, l'ennui devenait haine, la haine devenait destruction, et il y avait ce choix terrible par terre, à l'endroit même où, pour la première nuit, tu avais jeté le matelas : la folie ou l'avion.

Je pense à ta démarche droite sur les roches mouillées – j'ai cru pendant longtemps chaque parole prononcée. De loin, je me souviens de tout, et même de plus encore, de ce qui, en dessous des choses dites, faites et vues, donnait à mon âme un corps et à mon cœur un cœur.

Ce ne furent pas quelques mois de ma vie : ce furent quelques mois de ma mort. Maintenant, dans chaque matin du Québec, j'ai peine à croire que ce fut moi, cette chose brisée sur un plancher sans meubles, cet objet couché par la foudre, brûlé de bout en bout, à peine capable de répéter pour lui-même, à voix basse : ne t'inquiète pas, tout va s'arranger, puis : mais pars, qu'est-ce que tu attends, pars demain, pars ce soir, disparais, le plus vite possible. Cette chose, pourtant, de jour en jour reconduite dans l'attente passionnée du bruit de ta voiture et du creux de ta main, dormant dans tes cheveux d'un sommeil nourrisson : c'était moi.

J'étais cette chose. Cela peut prendre des années, consoler quelqu'un de la foudre.

J'ai vu aussi la fatigue creuser dans ton visage des rides nouvelles et ineffaçables, je t'ai vu fatigué, soudain, et de tout, et j'ai vu, en très peu de temps, ton front avancer parmi tes cheveux, je t'ai vu grisonner davantage et un soir, quand je t'ai demandé si c'était moi qui te faisait vieillir ainsi, je t'ai entendu répondre oui, en souriant, oui je pense que c'est toi qui me fais tant vieillir.

Le pire, c'est la fatigue. La fatigue vient des brûlures dont on ne s'approche pas, auxquelles on n'arrive pas à dire : bonjour, enchantée, te voilà. La fatigue vient de ce trou creusé par l'avion dans le bleu du ciel entre les maisons de ma ville. Peut-être n'as-tu jamais existé : la fatigue vient du doute quant à ton existence. Je t'ai peut-être rêvé. La fatigue vient de l'échec du rêve.

Elle vient de l'inutilité de tout ce qui n'est pas toi.

Je t'ai connu dans un tremblement et ainsi je me reviens, avec les dents qui claquent, mais sans avoir froid, avec sang-froid, et sans peur aucune. Personne ne voit flotter les débris que je sens me heurter de partout. Un jour peut-être, ne me souvenir que de la joie et penser avec gratitude à ce passage de ta main sur la paupière de ma vie. Et puis, tranquillement, passer ma propre main sur ma paupière tiède et me retrouver à côté du vertige.

Il y a d'autres avions pour d'autres pays. Il y a d'autres voix d'hommes, des mains d'hommes, il y a d'autres hommes. Mais il y a toi, il y a tes cendres en dessous de tout. Il y a ta voix perdue, tes mains perdues, il y a toi perdu. Il y a moi envolée, enragée, épuisée.

Ici.

Certaines fleurs exubérantes. L'une d'entre elles, bien assise dans son rose-orangé, peut-être même jaune, bien vibrante dans son vêtement indécis, fleur-fleur à regarder cueillir, commencera sa route à huit heures vers le cimetière où dort le père de Marco, mort du cancer, de l'alcool, d'une amertume jamais résolue par ses proches et infatigablement fleuri par la mère qui, de son vivant, ne tolérait plus sa présence.

Les fleurs sont peut-être la raison pour laquelle, si tôt dans l'histoire humaine, on a choisi ce territoire pour y faire des enfants. Peut-être ces fleurs sont-elles ces enfants eux-mêmes, devenus adultes puis cadavres rangés dans des chambres étrusques recouvertes de terre, transformées en montagnes que les archéologues défont maintenant, avec des pinces et des subventions gouvernementales.

Dans cette région, les tombes les plus anciennes ont la forme d'un utérus renversé. Un couloir étroit y mène, qui s'élargit vers l'intérieur. La préparation de la chambre funéraire, creusée au pic, dure une bonne partie de la vie de celui auquel on la destine. Le moment venu, on couche le défunt sur un lit, accompagné d'objets précieux. On sort en scellant tout. On condamne la mémoire. On cache la porte en reconstruisant la montagne devant elle. On ne visite pas les morts. On les laisse partir vers leur vie meilleure, on les confie aux soins de la terre, la tête tournée vers le plus bel horizon. La mort scellée est invisible, irrécupérable, elle est la mort morte. Pendant des millénaires, les gens pique-niqueront à leur insu devant la porte de l'au-delà.

La mère de Marco fleurit avec soin la tombe scrupuleusement catholique de son mari. La pierre porte son nom et les dates des deux bouts de sa vie. Lui aussi, on l'a mis dans un trou, mais sans perdre sa trace. On va au cimetière, on dépose des fleurs sur sa tombe, avec peut-être des larmes et, plus rarement, des paroles. Avec une certaine fatigue quant au rien de la vie. On a distribué son avoir à la famille proche et aux amis, et ces objets sont forcément devenus sources de litige : ils étaient insuffisants pour achever les phrases tues, apaiser les doutes et prononcer l'essentiel. Une blague à tabac : presque rien. Il aurait fallu arracher le temps d'amour au temps banal. Il aurait fallu le faire pendant la vie, pour que la vie s'emplisse d'elle-même et que la mort ne lui prenne plus rien d'important, presque rien, une âme d'avance passée dans le cerceau d'amour.

Mon père m'a parlé d'un paysan breton qui avait rassemblé toute sa famille un soir, y compris les enfants. Il avait dit simplement qu'il allait mourir, et puis il était mort, simplement, au terme de sa vie simple, d'une mort dite naturelle et, en cela, semblable à toutes les autres, même à celle des insectes.

Un soir, Marianne et Marco arrivent tellement tard que la mère a renoncé à préparer le repas. Ils décident d'aller au restaurant. Il fait froid et la lune n'arrive pas à dépasser l'horizon des champs. La route est longue. Elle est droite. Marco roule vite. Tout à coup surgit la forme imprécise d'un animal. Marco change de voie pour l'éviter. Puis il freine et recule. Sous les phares, la forme réapparaît : c'est un chien, il gît, immobile, couché sur le flanc. « *Dio* », murmure Marco (on ne saura jamais s'il a juré ou s'il a vu passer du divin sur le corps détraqué). « Je pense qu'il est mort », dit Marianne. Marco ne répond pas. Il laisse la voiture au milieu de la route, avec les phares braqués sur le pauvre tas. Il marche vers lui et, le sentant approcher, le chien ouvre des yeux brillants de fièvre, il lève la tête, incrédule, comme disant « non, ce n'est pas possible, c'est pour moi que tu t'es arrêté ? »

Marco s'accroupit. « Où tu as mal, *poveretto* ? » demande-t-il en tâtant le chien. « Oh ! Tu es tout brisé en dedans, on va te porter au bord de la route, viens, allez, viens. » Avec la même délicatesse qu'il met à jouer aux bâtons chinois, il essaie de le soulever. L'animal gémit et tremble, on voit sauter sous sa peau son cœur affolé. « Attends. » Marco court vers la voiture prendre un journal qu'il glisse en dessous, il serre le museau dans sa main : « Les chiens qui ont mal peuvent mordre sans le vouloir. » Pendant qu'il le traîne jusqu'au bord de la route, le chien regarde Marianne avec des yeux déchirants, ardents, des yeux de mourant.

Il le place dans l'herbe mouillée. « Sa colonne vertébrale est brisée, il faudrait pouvoir l'achever, moi je ne peux pas faire ça. » Il prend une corde dans la voiture et l'attache au poteau d'une clôture, « au cas où il pourrait se relever et traverser la route », croyant peut-être ainsi lui donner un espoir, l'espoir bien mince d'être libre de marcher, d'être attaché parce qu'il est libre. Pourtant, après l'avoir caressé longuement, il lui dit la vérité. Il lui dit : « Il te faut mourir ce soir, c'est dommage, c'est ainsi. »

Au restaurant, Marco passe la moitié du repas à essayer de contacter un vétérinaire qui accepte de venir sur la route euthanasier le chien. L'un d'eux accepte, moyennant une somme exorbitante. Marco revient à table, furieux, découragé, et mange du bout des lèvres un peu de sanglier. Ses beaux sourcils sont froncés, on voit les rides qu'il a lorsqu'il paraît son âge.

– Pourquoi, demande-t-il soudain, pourquoi est-ce qu'on a rencontré le chien ? Pourquoi est-ce que ça devait être moi, ces choses-là, écoute, ça me perturbe.

– Tu es le seul qui s'est arrêté. On voyait bien qu'il s'était résigné. Une dizaine d'autres voitures sont sûrement passées avant nous.

– Ils ont pensé « quel dommage » et sont passés tout droit. Même le salaud qui l'a frappé a pensé comme ça.

– C'est peut-être pour ça qu'on est passés. On est loin, il est tard. Tout s'est arrangé pour que le chien t'ait, toi, pour prendre la peine de l'aider.

– Mmm.

Ils mangent un peu, ne parlent pas.

– Mais c'est peut-être le contraire, en réalité, dit Marianne au bout d'un moment.

– Quoi ?

– Peut-être que c'est pour t'aider toi que nous avons rencontré le chien.

– Pourquoi moi ?

– Pour que tu puisses être près d'un chien qui meurt.

– Oui, pour moi qui ai perdu deux chiennes cette année, merci beaucoup, ça suffit.

– Tu as perdu tes chiennes, mais pas encore accepté de les perdre.

– Alors ?

– Tu étais même incapable de les voir mourir.

– Et alors ?

– Alors, peut-être que ce chien-là c'était une chance pour toi d'être à côté d'un chien qui meurt.

– Ben voyons.

– C'était peut-être pour t'aider à accepter.

– Je ne veux pas accepter. Bon, Peggy était vieille, c'est normal de mourir, mais Ambra, tu comprends – c'est inacceptable.

– Tu dois les laisser partir, maintenant. C'est tout ce que tu peux faire pour elles.

– Tu dis que je suis possessif.

– Je te dis que c'est difficile de les laisser partir.

Marco repousse son assiette, croise les bras. Marianne essaie de lui resservir du vin, il pose la main sur son verre. Ils ne prennent pas de dessert.

Sur le chemin du retour, dans le défilé des champs qui sont tous pareils, Marco reconnaît le poteau auquel est attaché le chien et s'arrête. Il descend avec sa lampe de poche. Le chien les attendait, tout de suite il pose sur eux son regard fébrile, on voit qu'il n'espère qu'une seule chose : ne pas mourir ce soir. À cause de la colonne vertébrale brisée, son postérieur a basculé dans un creux du sol et son torse est affreusement tordu. Marco remet doucement les pattes dans leur position normale et pousse le chien à distance du creux, afin qu'il « meure comme on doit mourir : bien droit ».

Il entreprend de lui parler. Marianne tient la lampe de poche. Dans le cercle, il y a l'œil de la bête, sa nuque tendue avec effort vers la voix, ils sont seuls tous les deux dans le grand monde injuste. À regrets, Marco conclut : « Bon voyage. »

Il soupire, se lève, monte dans la voiture, démarre. Puis il a un petit sursaut, comme s'il avait oublié un détail. Il arrête le moteur. Il descend de la voiture, défait la corde et la ramène avec lui. « Il mourra libre, c'est la moindre des choses qu'on puisse faire pour lui. »

Tôt un matin, une écharpe de brume se faufilait sur le lac entre la plage et la colline ; je tenais ma tête à la surface de l'eau pendant que l'aube déshabillait la rive. Je nageais la brasse et, chaque fois que ma tête émergeait, elle était là, l'écharpe se retirant vers une paix plus profonde, vers une plaie plus tenace, laissant doucement apparaître derrière elle un arbre, deux maisons peut-être, la vie du jour à commencer. C'est la seule définition de l'âme que j'aie trouvée, longtemps après que tu m'eus posé la question.

VIII
L'éternité

Mon sentiment est étrange, il est étrange parce que tu ne le connaîtras jamais, parce que tu ne verras jamais la chambre ouverte par le bruit de tes pas, ni la légèreté des voiles suspendus pour t'attendre, ni le sang brûlé dans cette attente, ni mes pieds nus délivrés d'elle, et parce que tu n'auras pas à l'oreille le son de ta propre voix lorsqu'elle me disait des mots que je ne comprenais pas encore et que je prenais pour des joyaux égarés dans leur trajet vers une princesse, échappés devant moi par une grâce inquiétante. Mon sentiment étrange, je l'ai pris avec moi en voyage, nous nous sommes arrêtés chez toi pour un temps, quelque temps, je ne sais plus combien de mois, nous étions comme des mendiants devant ta maison et, tout en faisant semblant de nous reconnaître, tu nous as ignorés, et tout en nous saluant, tu nous as renvoyés, j'ai pris mon sentiment intact, étrange, et je l'ai tiré jusqu'ici, jusqu'à la feuille d'écriture où il cherche un côté pour s'étendre.

Je ne trouve pas le mot qui manque. J'écris avec acharnement toujours, peut-être à la recherche de ce mot, de ce baiser qui réveillerait l'espoir fou et le rendrait légitime, le *mot grâce auquel j'aurais eu raison de partir, de t'attendre et de m'enfoncer aussi creux.*

On dit « amour », souvent, pour justifier cette démence, pour lui donner un visage acceptable, pour la rendre au quotidien concret auquel elle ne peut qu'échapper. « Amour » est le mot qu'on a inventé pour nommer ce trou fait au réel. Mais on ne connaît pas l'amour des autres, on ne connaît des autres que l'amour qu'on fait avec eux, et jamais son noyau vert, parce qu'il leur appartient. « Amour » n'est pas le mot que je cherche.

Je cherche peut-être ton nom, un autre nom que celui de ton baptême. Celui de ta force tranquille, celui de ta fragilité, celui du royaume clos où se parle la langue des bêtes. Je cherche le nom nouveau pour moi-même échappée en route alors que je tenais enfin le bord glissant de mon âme, pendant que je plaçais mon odeur dans la mémoire des chiens.

Je n'ai que l'écriture pour tenter l'invention du mot qui n'existera pas, mais par lequel s'éclairerait enfin, comme après une éclipse, la route suivie de nuit, à tâtons, et si proche du ciel. J'étais l'horizon étalé vers lequel court une enfant bras ouverts et puis, brisée, une miette de retour au pays familier, dans la langue maternelle, dans le devoir gris de tous les jours semblables.

Je n'ai rien compris encore de ce qui s'est passé. Si je trouvais le mot que je cherche, j'arriverais peut-être à te séparer du foyer de la joie.

L'Occident, un été, était pendu à son téléviseur pour suivre l'histoire d'un enfant tombé dans un puits artésien. C'était au début des années quatre-vingt, tous les journaux en tiraient leurs gros titres. Pendant des jours, on avait désespérément tenté de l'en sortir. Il était finalement mort de faim, de soif, de froid et de peur.

Je jouais dehors en pensant à lui tout le jour, en pensant à ses jambes coincées. Je crois même qu'une ou deux fois, avant de m'endormir, j'ai fait une prière pour lui au bon Dieu, au cas où. J'ai grandi. Souvent, sans raison, je pensais à lui, je repensais à sa peur et à la lenteur qu'avait déployée la mort pour le prendre.

J'ai su récemment que cette histoire s'est produite à quelques kilomètres de ton village.

Chez ta mère, le téléviseur était toujours allumé et, quand j'y jetais un coup d'œil, il n'y avait que du sang et des fausses blondes. Tu étais le roi de la télécommande. Tu ajustais le volume, changeais de poste et demandais qu'on se taise quand une nouvelle t'intéressait. Un soir exceptionnel, pourtant, j'ai pris le contrôle. Un film américain venait de commencer. Au début, une mère et ses trois enfants jouent dans une cour de banlieue ordinaire. Le téléphone sonne. La mère va répondre. Quand elle revient, la balançoire oscille et il n'y a plus que deux enfants. La mère appelle sa plus jeune, qui ne répond pas. Elle appelle encore, avec une voix de plus en plus angoissée. Puis elle jette un coup d'œil aux deux autres, qui se tiennent, consternés, devant un tuyau planté dans le sol. Elle les inter-roge du regard, n'osant prononcer à voix haute la question qui la brûle. Ils lui renvoient son regard, piteux, n'osant formuler la réponse absurde à son informulable question. La mère se penche au-dessus du puits et appelle de nouveau. De la terre monte un gémissement, un sanglot, une faible voix de caverne et d'oubli.

Le bébé est tombé dans le trou.

Le film s'inspire d'une histoire vraie, qui s'est produite aux États-Unis et qui, pour cette raison, finit bien. Il faut plusieurs jours pour tirer l'enfant du puits. Le canal est trop étroit pour qu'un adulte y passe. C'est un trou à bébé. On creuse un puits parallèle. La pierre est coriace. On fait venir un géologue, on utilise des mèches en acier trempé, on avance de quelques centimètres à l'heure. La tension est extrême, l'enfant se déshydrate, la mère est comateuse, le père veut battre tout le monde. La foule se presse autour du drame, des dizaines d'individus viennent proposer des solutions au problème inédit, on creuse, on creuse, des hommes remontent du trou à demi asphyxiés, la peau grise. On chauffe le puits, les nuits sont fraîches, on envoie un micro tenir le relevé exact du rythme cardiaque de l'enfant, sa mère lui chante des chansons, son moindre sommeil sème la panique.

J'étais pendue au téléviseur et ta mère, étonnée de mon soudain intérêt, me regardait regarder le film. À la fin, on sauve le bébé, la foule applaudit, l'ambulance démarre, la musique explose : c'est l'Amérique.

Cette nuit-là, je t'ai laissé dormir seul et je suis rentrée en marchant jusqu'à la maison vide.

On s'intéresse aux mystères, on voudrait voir ce qui ne se montre pas, on voudrait savoir ce qui ne se sait pas. On étudie d'abord la philosophie, cela dure quelques années, et puis, désemparé, on s'aperçoit du mutisme des livres. On se laisse appeler par des obscurités plus obscures que celles de la langue, on les cherche du côté du désir des peaux et des cycles cosmiques. On devient fasciné par la disparition, celle des objets et la sienne propre, celle du jour. On creuse. C'est pour trouver de l'eau qu'on creuse les puits, après tout. Passé dans un canal pour naître, on cherche le canal où répéter ce geste-là, celui qui rendra neuf de nouveau, on glisse dans le puits en vue d'en ressortir, mais on y reste coincé et, soudain, la naissance attendue ressemble terriblement à la mort.

J'ai eu honte de mon corps dans vos rues trop étroites. Dans ma valise, j'avais mis la désinvolture, la curiosité, la force suffisante pour me séparer de tout, mais tout cela n'aurait jamais suffi sans l'aveuglement. L'aveuglement et la beauté terrible de l'aveuglement, le rêve d'être heureuse et aveugle, heureuse en tant qu'aveugle, miraculeusement désaltérée par l'opacité de ton univers, résolu, entier, serré entre son lac et sa colline. Je rêvais d'échapper à la responsabilité harassante de distinguer clairement les choses les unes des autres et de décider en tout temps laquelle était bonne et laquelle mauvaise. Ainsi tombe-t-on dans un puits, je crois, ce n'est pas très compliqué, une fois qu'on a rompu avec le jour et transigé avec l'obscur du pauvre verbe aimer.

En septembre, j'étirais mon courage pour profiter davantage de la lumière de ton pays. C'était une lumière d'or en lingot, je me souviens qu'elle avait l'exacte température du corps et qu'à circuler en elle on se sentait instruit de tout. Je savais pourtant que j'allais partir, qu'arrivait l'heure prévue d'avance, prévue dès le départ. J'étais seule dans cette histoire qui finirait comme elle avait commencé, fabuleuse et triste, avec des veines comme celles du marbre et des oiseaux migrateurs. Le vent allongeait la rue, en début de soirée, il la faisait gothique, il y avait l'odeur du feu et sa façon de brouiller la distance, c'était votre automne, il fallait porter un foulard et une veste, la nuit tu tirais la couverture sur nous. J'entrais dans votre automne, fascinée, et le lac de plus en plus haut et le ciel chargé, et, chargés comme le ciel, les fusils des chasseurs, je comprenais que votre automne n'était pas mon automne et qu'en y entrant avec surprise, je lui étais d'autant plus étrangère. Chaque jour se refusaient à moi les faits qui doivent venir d'eux-mêmes, pour vous indifférents et pour moi inédits, cette lumière, par exemple, et ce vent. J'entrais, sans entrer, parmi vous. Tout me disait en riant : adieu, déjà. En te caressant, je posais sur toi l'aéroport et les valises, ton désir laissé en friche et ma mémoire hantée par les algues du lac. J'entrais dans ton automne, c'était un moment de plus crocheté entre nous, c'était le dernier moment, et puis mon hiver blanc, et puis tous les hivers – dans un autre pays. Dans ce pays, mon pays, qui ne serait plus tout à fait mon pays, qui ne serait qu'un pays comme un autre, un pays où faire sa vie, une vie comme une autre, une vie sans la tienne.

Alors, je décidai qu'avant de prendre l'avion, il me fallait tenter au moins une fois de me remettre en voyage. Je partis pour Assise et, dès que le train se mit en branle, je compris qu'au fond j'étais intacte, que j'étais moi-même, que j'étais apte à sortir du cercle parfait.

Assise est une ville rose où le soleil devient un grand mystique en promenade le long des murs et des clochers. Des passages blancs grimpent entre les maisons, des vignes bleues tombent des toits, des fontaines délinquantes de fraîcheur se dissimulent dans les coins d'ombre. L'œil est soudain nu, comme s'il était neuf, il est l'œil rond d'un regard nouveau-né sur un monde encore épargné par le mal. À Assise plane, suspendue, la possibilité de l'existence de Dieu.

On accède à la basilique Saint-François par une espèce de rampe confondue avec le mur de la ville et du haut de laquelle on domine la plaine poudreuse. La basilique, construite à la gloire de François reconnu par l'Église, avait fait au XIIIe siècle l'objet d'une polémique entre ceux qui désiraient un lieu grandiose et les tenants de l'ascèse franciscaine. Le problème fut résolu en érigeant une basilique immense, aérienne avec, en dessous, une crypte trapue consacrée au culte de la sainte dépouille.

Dans la basilique supérieure, Giotto a peint le fameux cycle où se raconte à l'infini la vie de François. Son bleu est un bleu différent de tous les autres, semblable peut-être à celui d'une paire de ciseaux qu'on aurait eue enfant, et qu'on aurait perdue, plus tard, en même temps que le plaisir de bricoler le dimanche. Autour des personnages, des architectures dont la perspective tâtonnante s'apprête à entrer dans la Renaissance sans rien échapper de la candeur médiévale – elles parlent, penchées vers les regards, tous les regards, ceux des visiteurs et ceux de François, de ses amis, du pape. Elles tiennent parfois en équilibre dans la main d'un seul homme.

Derrière Giotto, dans le transept, son maître Cimabue agonise. Les fresques sont sans autre couleur maintenant que celles de la terre, elles sont en route vers le lieu de leur propre origine. Elles exposent, impudiques, l'ambition du geste humain, elles préfigurent la mort à retardement du peintre, de sa subjectivité accrochée au mur comme à un respirateur artificiel, mais encore suppliante, encore célébrante, encore. L'âme-encore de Cimabue. Furtivement, Marianne prend une ou deux photographies, pendant que le gardien a le dos tourné. Elle sait bien qu'il faudrait laisser passer le temps même sur les choses fragiles et ne pas mieux les protéger qu'un érable en automne.

La basilique inférieure est basse. Dans des vitrines sont exposés, empesés, rapiécés, les vêtements de François, ses sandales, sa robe de nuit, ridicules une fois privées de lui, sans son charisme ni sa passion. Il faudrait laisser mourir les morts, s'effacer les fresques, il faudrait habiter le mieux possible sans chercher à posséder.

Dès la première nuit, d'une certaine façon, j'ai eu la certitude que tous les temps sont en fait un seul temps, rond et plein, et que je roulerais toujours sur la route de terre boueuse, avec ton visage à gauche du mien, l'orage dans le pare-brise et cet étrange sourire qui semblait dire merci, mais aussi, je savais bien que tu viendrais un jour. Tu plantais l'éternité comme un clou dans le temps ordinaire. J'avais l'impression d'ouvrir ma conscience avec des forceps afin de la rendre capable d'une quatrième dimension dans laquelle nous serions inaltérables. J'avais l'impression que ce que j'ouvrais existait de toujours et que, tout simplement, je venais de comprendre un phénomène qu'on ne nous explique jamais, parce qu'il ne s'explique pas et auquel, peut-être, ne trouvent accès que les esprits dérivant jusqu'au dernier recours. Je compris l'éternité non seulement possible, mais déjà de toujours arrivée en elle-même, d'avance ouverte pour nous comme une grande maison dont les charnières des portes ne grincent même pas, sont toujours neuves et huilées, toujours prêtes à tourner.

Ce que je comprenais à propos du temps, c'était aussi une forme de sérénité, c'était une forme sublime de sérénité, une réconciliation non plus promise, mais déjà scellée, depuis toujours, pour toujours. La patience, un art que je m'attachais à maîtriser depuis si longtemps, il me semblait soudain qu'elle était inutile, qu'elle ne servait qu'à projeter dans l'avenir ce qui était déjà présent et qu'en bout de ligne, sous l'apparence de ses bons offices, on finit par passer à côté de tout. Dès le premier soir, la voiture s'enfilait dans l'orage et, au lieu d'avoir peur, je n'avais pas peur.

La certitude de l'éternité : il faudrait pouvoir la préférer à la nostalgie, mais aussi à l'espoir.

Longtemps après, plus tard, maintenant, une fois rentrée dans mon hiver lent à passer, avec son ciel plus haut que les autres et son craquement de tout, j'ai aussi compris que non seulement j'étais encore sur la route de terre, mais que j'y étais d'autant plus, d'autant mieux, à mesure que mon calendrier s'éloigne de cette date-là, à mesure que les événements continuent de passer et de se passer ailleurs, comme si, dans l'exacte mesure où le passage du temps infirme l'éternité, l'éternité s'approfondissait davantage. C'est un étrange paradoxe, c'est un paradoxe semblable à ton étrange sourire – et, étrangement, je ne souffre plus du tout, je décide de tout recevoir, toi vivant, toi disparu et moi vivante dans la pensée de toi et dans les pensées autres, dans les pensées qui passent et reviennent, ou qui ne reviennent pas.

Je ne parle pas du souvenir. Le souvenir, je l'ai aussi, vif, précis, avec l'haleine de la campagne mouillée, le bruit sourd des pneus dans la boue et celui du moteur qui menaçait toujours de tomber en panne. Le souvenir est une trace du passé. Il est présent en tant que représentation. Lorsqu'on essaie de renouveler une expérience en rassemblant de nouveau tous ses éléments, et même s'il ne s'agit que de revoir un film, on est toujours déçu, et c'est parce que l'élément passé dans le souvenir ne nous sera jamais rendu. Le souvenir est plat, il est mince, il est fragile, il est en construction et en désintégration ; le souvenir est banal, parce qu'il n'est qu'un produit de notre esprit et que notre esprit est toujours pauvre. Le souvenir est comme cette fresque de Signorelli dans la dernière chapelle de droite du Duomo d'Orvieto ; je suis montée la voir de près, sur les échafaudages, on était en train de l'empêcher de disparaître à grands frais de feuilles d'or. Sous sa peau neuve, elle disparaissait cependant, elle s'enfonçait dans la pierre des murs, mais de cela, on ne parle jamais. La mémoire est pareille à ces échafaudages, le souvenir est pareil à la fresque restaurée : c'est la peau neuve que l'on donne au passé, afin de supporter sa disparition qui est toujours, en bout de ligne, la nôtre. J'aime les souvenirs, mais je crains l'illusion.

L'éternité n'est pas comme le souvenir. L'éternité, c'est le fait que la fresque une fois enfoncée dans le mur et le mur une fois érodé jusqu'au sol, ils existent encore intacts ici jusqu'à moi, même dans mon ignorance d'eux et même en mon absence. L'éternité existe sans moi et avec moi pourtant. Dans l'éternité, il y a les goulags, les camps de la mort, l'Académie d'Athènes, les nécropoles étrusques, les taches de doigts préhistoriques, le drapeau américain planté sur la lune, il y a ta naissance et ta première dent, il y a ma sœur qui pleure parce qu'elle a trouvé ses cheveux trop courts en voyant son reflet dans la vitre d'une voiture pendant que ma mère la ramenait par la main de chez le coiffeur, il y a mon frère qui change une couche, il y a mon père qui cherche du bois à sculpter, nous y sommes tous, morts et vivants de tous les temps ensemble et de toutes les présences, ta mère est née, a vécu et mourra dans le périmètre du village, moi je veux faire le tour de la planète, c'est d'une importance médiocre face au fait d'exister et face au fait surtout que, dans notre existence propre, il y a celle de tous. L'éternité, c'est l'existence de tous. Et ce que nous ne sommes plus, nous le sommes toujours, et ce que nous ne sommes pas encore, nous le sommes déjà.

Elle s'assied dans un bar et voudrait écrire à quelqu'un, elle n'a pas encore décidé à qui, le papier est en place, déjà un peu taché de café et de brioche. Un homme la regarde, comme les autres hommes, mais, contrairement aux autres, il s'approche et se penche vers elle pour demander en anglais : « Vous êtes écrivain ? » Il porte un chapeau blanc sous lequel ses yeux noirs luisent comme le dos des grillons.

– Pas vraiment, répond-elle.

– Vous le serez peut-être un jour, il tire une chaise et s'assied.

– On verra.

– Vous voyagez seule ?

– Oui.

– C'est bien. D'où venez-vous, de l'Allemagne ?

– Du Québec.

– Du quoi ?

– Du Canada.

– Ah ! L'Amérique ! Je suis allé à New York, une fois. C'est beau New York, j'aime les villes. Vous travaillez ?

– Très peu.

– Vous regardez les gens.

– C'est ça.

– Vous savez, pour un écrivain, regarder autour de soi est un travail à temps plein.

– Vous êtes écrivain ?

– Oui. Vous lisez beaucoup ?

– Oui.

– Qu'est-ce que vous lisez ?

– N'importe quoi.

– Vous aimez la tragédie ?

– Beaucoup.

– Vous trouvez qu'elle vous ressemble.

– Je crois, oui.

– La comédie vaut mieux.

– Peut-être.

– Aimez la tragédie, mais choisissez la comédie.

Elle éclate de rire. Les hommes de la table voisine se retournent et tendent l'oreille. Ils ne comprennent pas l'anglais (« Ils parlent dans quelle langue ? – L'allemand, je pense. – Ah, oui, je reconnais maintenant. »), mais ils écoutent attentivement. L'un d'entre eux, maigre, voûté, fait à Marianne de petits signes suspicieux.

– Comment vous appelez-vous ?

– Marianne.

– Moi je suis Angelo. Vous aimez voyager ?

– Beaucoup.

– Bien. Et vous aimez écrire.

– Oui.

– Il faut habiter sa propre maison, vous savez.

– Pas facile.

– Non. Il faut trouver sa propre maison, y habiter, mais laisser ouverte une fenêtre pour faire entrer le monde.

Marianne ne répond pas. Elle regarde Angelo. Soudain, derrière les bords de son chapeau, elle entrevoit, transparentes, ses ailes. Angelo comprend qu'elle les a vues et il sourit aussi. Nouveaux signes suspicieux du voisin de table.

– Allez, dit Angelo. Choisissez la comédie et n'oubliez pas la fenêtre.

Marianne range son papier sur lequel sont couchées, entre les miettes de brioche, les paroles blanches comme le dos des grillons. Elle se lève, paie son déjeuner et le café d'Angelo qui la laisse faire devant l'œil incrédule du barman.

Angelo sort. L'homme de la table voisine s'avance et tend son cou vers Marianne, en faisant saillir la ligne des ligaments : « Pas parler avec lui, fou, fou », déclare-t-il sentencieusement.

« *Grazie del consiglio* », répond-elle. Il lui sourit et rétracte le cou, satisfait de la portée de son intervention. Elle prend son sac et sort. Dans la rue, il vente le vent d'Assise et Marianne, dès qu'elle passe la porte, sent bouger dans son dos les plumes naissantes de ses propres ailes.

Elle croise Angelo, quelques heures plus tard, il est occupé à écrire avec une dactylo, à cheval sur le mur de la forteresse, il écrit en plein air, sur le motif, comme les impressionnistes, et elle ne s'arrête pas pour le saluer, parce qu'il a l'air absorbé, mais surtout parce qu'elle présume qu'il ne la reconnaîtra pas. Qu'il ne devait passer près d'elle qu'une seule fois, une lumière par-dessus celle du jour, une seule fois pour arroser les ailes et leur donner, comme à une balançoire, la poussée qui manquait.

Le voyageur est intact. Seul ses souliers s'altèrent. Il passe dans le pays des autres, il s'imagine parfois, par pur plaisir du vertige, qu'il y restera toute sa vie, mais le lendemain il repart, sa vie est ailleurs parce qu'elle est partout. Le voyageur a un nom, c'est son nom de baptême, c'est celui qu'on a mis sur son passeport. Dans les autres langues, on le lui fait répéter souvent, on le prononce mal, c'est toujours le nom d'un étranger, le voyageur est un étranger.

Au meilleur de lui-même, dans la racine de son œil, le voyageur est intact. Le voyage se produit à l'extérieur de lui et les nouveaux visages, les goûts inédits, la couleur des maisons ne font que consolider ce qu'il était déjà. À mesure que le connu s'éparpille, il constate qu'enrichi d'images neuves, il est de plus en plus simplement lui-même, de plus en plus dépouillé du superflu qu'on accumule quand on reste chez soi, de plus en plus pauvre aux yeux pauvres de la normalité et pourtant, de plus en plus autonome dans son peu de ressources.

S'il peut marcher, le voyageur marche. Il regarde défiler devant lui des lieux qui ne lui appartiennent pas, avec des maisons où personne ne l'invite. Les fontaines sont amicales, parce que leur destinataire est anonyme. Le voyageur se penche, trempe ses cheveux et boit l'eau, s'assied un moment et repart.

Le voyageur repart. Le voyage, il le sait, n'est que la métaphore de sa propre vie, de la vie de tous, de la vie elle-même, sans autre contenu que cela, l'entre-deux. Il n'a le temps de s'attacher à rien, il ne transporte pas d'objets lourds. Il n'a que ses jambes, il n'a que sa pensée et sa pensée s'approfondit chaque jour davantage, à mesure que les paysages ouvrent en lui la porte des consciences recluses, des consciences en attente d'une clef pour elles-mêmes. Le cœur du voyageur attend calmement le voyage, comme un chiot attend qu'on lui trouve un nom, sans même y penser et, pourtant, d'avance prêt à répondre dès qu'on l'appellera.

Dans une auberge, j'ai rencontré un Hollandais habitant l'Angleterre et ayant décidé de marcher pendant quatre mois dans les montagnes italiennes. Il avait longtemps hésité avant de choisir le livre à emporter dans son sac. Il avait finalement opté pour de la poésie, parce qu'il pourrait la relire plusieurs fois. Je lui ai demandé ce qui lui manquait le plus pendant qu'il marchait. Il m'a dit : peut-être la musique. Je lui ai prêté de la musique ce soir-là, pour qu'il l'écoute dans sa chambre. Le lendemain matin, il était reparti. Il avait laissé la musique sur le pas de ma porte et, avec la musique, le recueil de poèmes.

Le voyageur ne s'encombre de rien. Au bout d'un moment, il s'aperçoit qu'il ne s'encombre même plus de lui-même, que lui-même est collé à son pas de manière si tranquille qu'il ne lui pèse qu'à peine. Il s'aperçoit qu'il devient ce qu'il était de toujours, sans doute : un pas.

Parce qu'il sait qu'il partira de partout, il se tient dans un état de deuil continuel qui lui fait de moins en moins mal et qui, par moments, le rend même heureux. C'est parce que l'état de deuil, comme pour des funérailles réelles, est aussi un état de veille. C'est l'état d'une veille exacerbée, pendant laquelle le voyageur accompagne les choses jusqu'à l'instant prochain, imminent, de leur disparition. Le voyageur est comme celui qui, se trompant de porte, aboutit dans la chambre d'un mort. Il salue le cadavre, lui disant, dans le même temps, bonjour, enchanté, au revoir, adieu, sachant d'emblée qu'il arrive trop tard, qu'il arrive face à un corps d'avance engagé dans la décomposition, mais cherchant malgré tout à faire sa connaissance. Les mondes visités par le voyageur sont ainsi : ce sont des mondes depuis longtemps encastrés dans leurs habitudes propres, des mondes immobiles que leurs habitants veillent avec plus ou moins d'énergie, d'attention et de singulière patience. Le voyageur y entre un jour, il les voit pour la première fois et, à cause de son regard neuf, encore capable d'étonnement, les mondes s'allument dans leurs moindres détails.

S'il arrive que le voyageur s'arrête et s'installe, qu'il cesse d'être un voyageur, les mondes, peu à peu, s'éteignent et s'empoussièrent. Le voyageur trouve un crochet pour son manteau, s'achète une casserole et des coussins. Dans chacun des objets qu'il acquiert, il déposera une partie de son âme, dans sa conscience il n'ouvrira jamais que des portes ouvertes, et son seul étonnement sera bientôt de ne plus s'étonner de rien.

Elle reprend le train et descend à la gare la plus proche du village. Marco devait venir l'y chercher. Il est en retard. Près de la fontaine où elle l'avait attendu lors de son retour de France, elle l'attend de nouveau. Il lui semble que peu d'éléments se sont ajoutés à leur histoire entre ces deux moments d'attente, comme si l'attente, liant tous les moments ensemble, n'en faisait finalement qu'un seul, un seul long moment passé dans la gare.

Il arrive tard et sans sourire. Il la ramène au village. C'est le premier soir de la fête du poisson. Entre les pins, de longues tables auxquelles toute la province est venue festoyer. Au-dessus des tables, un immense filet de pêche. Marco et Marianne, assis côte à côte, sont déjà séparés par les fresques et le frottement des rails, les ailes au vent d'Assise et l'usure des sandales, ils sont déjà loin l'un de l'autre au moment où, à la table du poisson, elle décide de ne jamais finir comme eux, un filet tendu au-dessus de la tête.

IX
Le cercle brisé

Le 26 septembre 1997, pendant la nuit, Marianne et Marco dorment ensemble et ne se réveillent pas. L'épicentre se trouve à Foligno, une ville voisine d'Assise. En moins de dix secondes, Cimabue se fracasse sur le sol. Sa lente décoloration s'achève ainsi brutalement, en mille morceaux sur le plancher de l'abside. Les fresques vivent sept cents ans. On se dit qu'elles nous enterreront tous et nos petits-enfants avec. On leur rend visite une fois, leur beauté nous brûle. Vingt jours plus tard, elles tombent en poussière. Il n'y a rien à dire. C'est la fin d'une image. C'est la vraie mort du peintre, avec beaucoup de retard. On entend rarement battre la fragilité de tout, surtout celle de la pierre. Deux prêtres sont morts sous les décombres ; des dizaines de personnes privées d'habitation n'ont rien à faire du destin d'une fresque. Mais les experts examinent Giotto et attendent de ses nouvelles comme on attendrait celles d'un ami cardiaque.

Le lendemain, de nouveau. Ce n'est même pas l'écho de la première secousse, c'est un second séisme. Les maisons fragilisées achèvent de s'écrouler. La voûte de la basilique s'effondre dans un grand nuage, devant les caméras tremblantes qui auscultaient Giotto. À la télévision, on montre sans arrêt cette image au ralenti. La voûte s'effondre. Tant de patience réduite à rien. Mais Giotto est intact.

Dans dix jours, peut-être moins, Marianne aura quitté le village.

Marche seule, disais-tu, ne te passe pas de moi.

Les derniers jours, je ne percevais plus que les métaphores de ma propre détresse, la peau usée des fruits, le revirement glacial du lac dans la tramontane, l'orage exaspéré de quatre heures, le pin plié tête dans l'eau, les joues vidées des fleurs qui fanent, le pleurement des saules, les excréments des chiens sur la promenade du port, les jurons d'un pêcheur bredouille, les îles embourbées dans la brume, l'auberge barricadée, la main manquante de la statue du Christ, les gammes désaccordées, les mauvaises herbes, les pannes d'électricité, les filets tendus à même la plage.

Le tremblement de terre d'Assise, les maisons en miettes et Cimabue ramassé au porte-poussière par des amants éplorés de l'art médiéval.

Les soupirs de Fulli, qui voudrait jouer dehors, tes soupirs à toi, dénués de parole éclairante, ceux de la maison vide au plâtre friable quand passe sur elle l'ombre terrible des fantômes de midi.

En arrivant dans ton pays, j'avais une confiance inébranlable dans la voûte des églises. La confiance demeure ; fragilisée, elle devient la confiance en l'effort que font, pour résister aux séismes, les voûtes des églises. Quant au possible : je n'ai confiance qu'en la voûte des prières survivant à celle des églises.

Je suis passée parmi vous, qui êtes immobiles. Je n'ai confiance qu'en mon pas, au-delà des murs, vers l'horizon entrevu quand on ne s'appuie plus que sur la marche elle-même.

C'est la colère qui la sauve. Tout à coup, il devient impossible de la maquiller de tristesse, de l'endormir l'après-midi, de l'ensevelir sous la beauté d'un corps. La colère monte. Une colère froide, une colère comme le tendon des colères, la force pure de qui veut seulement vivre. La colère, un jour, soudain, évacue l'attente.

C'est l'après-midi, tout est fermé, mais le café crasseux au coin de la grande route vend des cigarettes à cette heure, elle le sait, elle sait aussi qu'on y vend les marques les plus fortes. Elle achète un paquet, en fume trois coup sur coup. La place est déserte et, ainsi, sans voitures, sans humains, sans ombres, elle paraît immense, son pavé recule jusqu'à la racine des toits, le soleil écrase tout de la même couleur torride, bouche les fenêtres – assassin. Marianne se dirige vers le seul téléphone qui fonctionne. Elle va appeler la compagnie aérienne. Elle va leur dire : je dois partir d'ici. En traversant la place, elle entend une voix masculine dans son dos, une voix qui appelle Sabina et pointe directement vers elle, sans erreur possible, il n'y a personne d'autre. Marianne se retourne. Un homme tout habillé de cuir descend de sa moto et se dirige vers elle. Il sourit : « Es-tu Sabina ? demande-t-il. – Non », répond-elle, et il a l'air déçu.

– Je cherche Sabina, explique-t-il, tu lui ressembles.

– Mais qui est Sabina ?

– C'est une fille que j'aimais, il y a dix-sept ans.

– Alors ?

– On ne s'est pas revus depuis. Je passais dans la région et on s'est donné rendez-vous ici, aujourd'hui, pour se revoir.

– Et je lui ressemble.

– Oui, tu lui ressembles, mais tu n'es pas elle. D'où viens-tu ?

– Du Canada.

– Du Canada ?

– Oui. Je pars demain.

– Tu pars pour longtemps ?

– Pour toujours.

Le garçon se tait. Marianne met la main sur son bras, comme le font les locaux, et lui souhaite bonne chance avec Sabina. Il sourit et lui souhaite bon voyage. Elle se dirige vers le téléphone, il s'assied sur un banc, la place est déserte et Sabina n'arrive pas.

Au fond, pense Marianne, il m'a reconnue. Je suis d'avance Sabina, sur le désert de la place centrale, je suis Sabina désormais, venant chercher le visage qui a changé sa vie dix-sept ans, vingt-cinq ans, mille ans auparavant, et entre mon âme et la place à cette heure, il n'y a aucune différence, il n'y a que l'insupportable ressemblance entre un désert et un autre, tous deux privés d'ombres et d'humains – mortels.

En quittant ce pays, elle sait qu'elle s'apprête à entrer dans un pays plus cruel encore, celui de la fascination de l'absence, de cette absence liée à l'être et que le temps échoue à combler, même après avoir guéri de l'absence du corps, de la parole et du rire, même après avoir guéri de tout le reste.

Lorsque Marianne annonce à Marco qu'elle part le lendemain, son visage mobilise, impassible, tous ses angles droits, mais Argo, du jardin, se met à pleurer. Marco va le caresser et plus il le caresse, plus le chien pleure. Marco lève la tête vers Marianne et lui dit, dans un grand sourire : « C'est un chien très sensible. » Il baisse immédiatement les yeux.

Peut-être le désir de Dieu émerge-t-il ainsi, dans la soudaine conscience du temps qui condamne à perdre les choses petites – la pelle rouge, un portefeuille, des gants – et puis les choses importantes – un ami, mon grand-père et l'été, plusieurs fois. Une lutte contre la perte, le désir d'un fil conducteur qui puisse rassembler le passage de tout et le tenir comme un bouquet dans sa main invisible. Lorsque je traversais ma nuit en toi, dépouillée de tout et même de ma langue maternelle, et même de la pensée familière que sait pétrir ma langue, il ne restait de vrai que ce désir de Dieu, rendu apparent et cristallin par mon extrême nudité.

Mais la nudité, comme le désir de Dieu, est ce point exact et précis où le fait d'être transi cohabite avec l'extase d'être vivant. La nudité confiante, c'est la foi.

C'est le risque de mourir de froid dans la foi et c'est le fait de prendre ce risque en souriant de bonheur.

Un jour, j'ai décidé de quitter ton pays. Après avoir téléphoné à la compagnie aérienne, je suis retournée dans la maison vide et j'ai tiré ma valise de dessous le lit. Elle était poussiéreuse, un scorpion avait changé de peau sur elle. J'étais dans un désespoir voisin de l'extase, comme si l'extrême limite de ma peine exaltait, dans un coin reculé de mon être, le battement de la vie. Le battement de la vie, je me souviens, déshabillé de tout ce dont on l'habille, jeté nu sur ma douleur comme pour lui donner un sens, comme pour l'acheminer vers l'après de la souffrance. J'ai ouvert la valise et l'ai laissée un moment ainsi, sur le plancher du salon. Je suis sortie dans le jardin. Le ciel était gris, il était lourd, il allait pleuvoir d'une minute à l'autre et l'humidité poignante donnait aux fleurs une couleur plus sombre que d'habitude, comme si, de l'intérieur, elles se laissaient habiter par une nuit secrète et impalpable, splendide d'épaisseur.

Dans le jardin, alors, j'ai ouvert mes bras le plus grand possible et j'ai regardé vers le ciel. C'était une prière, peut-être,

163

c'était une offrande, c'était le don désespéré de ma vie à la vie, l'espoir que me soutienne l'âme du monde tandis que, pour ne pas périr, la mienne s'effaçait. J'entrais dans l'obscurité profonde, mais au milieu de ma détresse s'allumait aussi, discrète, une mystérieuse gratitude, le bonheur indicible d'avoir été portée si loin des choses qui rassemblent et si dangereusement proche du fond de tous les mondes. En l'injuriant alors, je remerciais le ciel. Et, en dessous de ma révolte contre une aussi grande blessure, je crois que, pour la première fois, je choisis d'être vivante. Non plus en subissant la vie toujours d'avance donnée, non plus en la portant de réveil en réveil à travers les activités qui remplissent le temps, mais ainsi, dans sa périlleuse nudité, avec un désintéressement total, je choisis la vie avec sa nuit noire et son jour blanc, tout entière et sans rien échapper, les bras grands ouverts, dans le jardin, j'acceptais tout, soudain – et soudain tout m'acceptait, moi, église ruinée par un tremblement de patience, gamin coincé dans un puits artésien, fresque en miettes sur une terre qui tremble, pelle rouge avalée par le sable, je savais, soudain, que parmi ma douleur poussaient aussi les ailes de la vie qui avance sans prononcer un mot, un seul, sans prononcer même mon nom et, pourtant, me prenant par la nuque, me redressant sans bruit, et soutenant mes bras ouverts pour ne pas qu'ils se referment.

Parce que je quittais ton pays pour ne pas sombrer, la vie, ce soir-là, m'accueillait dans son âpre bleu et je l'ai sentie se frayer un chemin à l'intérieur de moi, distribuant sa force dans tous les creux du manque, afin que décolle l'avion terrible par lequel ton visage allait s'effacer.

Marco dort encore. Par pure compensation, Marianne fait ses valises en mangeant du pain. Elle mange du pain, puis tout à coup n'a plus envie de rien et se met à pleurer. Fulli se lève et s'approche sur la pointe des pattes. Elle lui tend la main, il la lèche, il la lèche de plus en plus frénétiquement, avec une énergie telle que Marianne, à la fin, éclate de rire. Alors Fulli s'assied et penche la tête. « Mission accomplie », pense-t-il. Il regarde Marianne, immobile. C'est vrai qu'il sait sourire, elle n'avait jamais remarqué. Elle lui tend le pain qu'il n'a pas demandé. Dans le souvenir qu'il gardera d'elle, elle sera elle-même, sans rien à redire. Fulli sera le seul à se souvenir de Marianne. Il ne lui téléphonera pas. Il ne lui écrira pas. Il sera pourtant le seul ami perdu.

Ce soir-là, la mère de Marco prépare avec une attention particulière une tourterelle farcie. Personne n'a faim, vraiment, mais elle le fait avec toute son application, pour laisser un bon souvenir dans l'estomac de Marianne, pour fêter son départ ou pour s'en consoler. Marianne avale péniblement sa portion. La mère lui tend un autre morceau, que Marianne refuse. Alors, par une régression phénoménale, la mère décharge la poêle dans son assiette. C'est l'exercice du dernier pouvoir et de la dernière générosité. Marianne s'incline. Mange.

À la télévision, on montre encore au ralenti les images du tremblement de terre. La voûte s'écroule et monte au ciel comme un nuage. L'âme légère de François, enfin libérée de l'architecture sous laquelle on avait cherché à contenir son illumination, s'envole à travers le trou béant de l'église, au-dessus de l'autel, et la caméra tremble dans le soupir de sa libération.

Le vent ne révèle ni d'où il vient ni où il va. Il va sans résistance, selon la direction dans laquelle le pousse une puissance invisible, il est lui-même cette puissance, il se retourne sans se briser, traverse la rue n'importe où, ne demande rien à personne. Présence totale dans le départ continuel, il est partout à la fois, pourtant ici même et maintenant, demain encore et sans fatigue.

Marco patrouille son village depuis des années. Dans son lit passent des voyageuses, mais aucune d'entre elles n'acceptera d'épouser son village, sa mère, ses dizaines d'oncles et de cousines, précisément parce que ce sont des voyageuses. Marco est entier, il les laisse partir, il en garde le souvenir comme d'une brûlure bénigne, sachant d'avance que son étrange façon d'être à la fois une racine et une feuille l'empêchera toujours de partir avec elles. L'âme de Marco est comme celle de François contenue dans sa basilique, prisonnière d'une architecture pesamment médiévale et la terre ne tremble jamais qu'au bout de sept cents ans.

Marianne, devant le téléviseur, entre Marco, sa mère et la tourterelle farcie, regarde pour la quinzième fois s'écrouler la voûte de la basilique. Une larme tombe dans son assiette et y ajoute un peu de sel. Une larme pour le bonheur de François, une larme pour la vanité des architectures humaines, une larme pour Marco enchâssé dans son village et une larme pour elle-même qui s'envolera demain, avec sa foi récupérable à la petite cuiller, avec son désir suspendu, avec le peu de force qu'il lui reste pour déjouer les tentations d'un espoir de dernière minute et pour espérer arriver à espérer ailleurs.

Tout est difficile maintenant. L'âme de François monte au ciel avec la poussière de la voûte, on voit la pierre lourde se fracasser au sol et mêler ses miettes à celles de la fresque dans un désespérant désordre. Les débris jonchent le sol. Peu d'entre nous arrivent à voler.

Je ne vois plus ton visage quand je ferme les yeux. Je vois le lac. Je vois Fulli qui accourt quand je cogne à la porte, une cicatrice sur ton avant-bras gauche, ton dos se détendre d'un coup quand le sommeil te prend. Je vois un verre de limonade et ma soif qui le cherche, des plateaux de cuivre martelé, la nuit, je vois, distinctement, les chandeliers aux tables, le sanglier en sauce, les cercles d'huile autour des tomates, les cercles d'huile autour des bateaux, des hommes secouer un olivier du haut d'une échelle – j'entends : les olives tomber dans leurs filets tendus, mes dents mordre dans une pomme parfaite et j'entends le désert s'élargir entre nous, jusqu'aux dernières paroles, murmurées dans le noir pour en cacher les larmes.

J'entends passer la dernière nuit sur nos peaux immobiles et ton corps insomniaque qui me veille en silence. Tiens-moi dans tes bras toute la nuit, la chambre était bleue et la fenêtre ouverte, à travers le rideau de tulle les étoiles prenaient des dimensions impossibles, et tu t'es même levé pour vérifier si nous étions toujours sur terre. J'entends ta voix dire la moitié des mots et les mots malgré tout se poser sur mon cœur. J'entends très bien la dernière nuit s'achever, sans égard pour ma détresse, le chant du coq faire un bruit de cristal, la laine des couvertures se faufiler, reptilienne, j'entends tes yeux déjà ouverts lorsque j'ouvre les miens, tes yeux grands ouverts, tes yeux jamais fermés, tes yeux rivés depuis la veille sur l'immense étoile cousue à l'étoffe du rideau. Je m'entends te dire, je veux être dans tes bras, et je t'entends me répondre tu y as passé la nuit, et je t'entends vieillir pendant que glisse la fermeture-éclair des valises, je touche à peine ma douleur avec le bout des doigts, je m'en remets au temps. Ce matin-là, comme tous les autres, sentait le romarin, la rosée, la poussière.

Tu m'as dit : « Je devais te perdre, comme les chiennes avant toi. Tu as raison. Il faut que j'apprenne à vous laisser partir. Un jour, peut-être, tu repasseras par ici, nous serons vieux et c'est sans importance, ce qui compte c'est le fait de s'être reconnus. »

Le grand bonheur

Peu avant mon départ, une femme était venue sonner à la porte du jardin. Elle était habillée de soie turquoise et ne portait pas de sous-vêtements, c'était une femme fébrile et un peu éparpillée que j'avais rencontrée par hasard et invitée, sans trop y croire, à venir prendre le thé dans la maison vide. Je n'avais pas de thé à lui offrir, je lui ai tendu un verre d'eau et nous nous sommes assises dans le carré du soleil. Sans introduction aucune, elle me parla de l'un de ses amis qui vit depuis des années en ne faisant rien d'autre que marcher. Qu'est-ce qu'il fait ? Il marche. Qu'est-ce que vous faites dans la vie ? Moi ? Je marche. Il n'a pas de maison. Il se nourrit de ce qu'il trouve, des noisettes, des pommes, des pêches, des champignons. Lorsqu'elle vient dans la région, elle le retrace en pistant les plants de menthe auxquels manquent des feuilles. Il mange ce qu'il trouve quand il le trouve, qu'il ait faim ou non. L'été il dort sous les arbres ou dans les grottes, l'hiver il squatte la maison dont un inconnu laisse toujours une aile ouverte. Auparavant, il jouait aussi de la musique, il arrive encore qu'il sculpte des flûtes. Il paraît qu'il ne manque jamais de rien.

Quelle vie inutile, comme il doit être sale. La psychiatrie aurait sûrement un diagnostic adéquat.

Puis on se demande si cet homme se trouve vraiment en marge ou, au contraire, au centre. Au centre de la menthe nécessaire. Sans la peur de perdre liée au fait de posséder. On se demande alors où l'on se trouve soi-même. On s'aperçoit qu'on avait oublié le fabuleux hasard du champignon donné, le lien naturel entre le besoin de manger et le fait de trouver par terre des croissances comestibles. La générosité, finalement, ne peut être un hasard. Le champignon pousse parce qu'il passera le cueillir. C'est pour lui que la grotte est libre, l'aile d'une maison ouverte, et c'est pour lui que la pomme a fait l'effort indifférent de devenir une pomme. Tout est dans l'ordre. Il ne demande rien à personne, ni argent, ni logis, ni travail, rien. Il prend les choses qui lui sont offertes, elles ne sont pas plus les siennes que celles d'un autre, elles sont là, c'est tout, c'est une pomme, j'ai faim, je la prends, il n'est ni juste ni injuste qu'elle m'arrive, elle m'arrive, basta. *L'anonymat des choses vivantes est un fait premier. Son geste n'est même pas le geste de prendre, c'est, plutôt, celui de reconnaître. De reconnaître la pomme dans sa vocation de pomme et lui-même dans sa propre faim. Il est dans l'ordre.*

Il constitue un témoin rare, essentiel, anonyme. De quoi ? De rien. Précisément. Sa vie reste dénuée de tout ce qui remplit la nôtre et, pourtant, elle continue. Il est ce qui, à côté des activités utiles, risque toujours d'être oublié. Il est cette possibilité obstinément reportée de n'être que soi-même existant. Comme s'il suffisait de vivre pour être vivant. Comme s'il n'était rien demandé d'autre à l'humain que d'honorer les offres discrètes de la nature.

Il n'est rien demandé d'autre.

Le cercle parfait

Le dépouillement extrême prononce une vérité terrifiante pour nous qui travaillons à ne pas mourir demain : c'est que nous ne mourrons pas demain, de toute façon. C'est que, de toute façon, même si nous mourions demain, ce ne serait qu'un banal évènement dans l'ordre des choses. Sans doute nous faut-il avancer avec cette confiance animale en la tenace affection de la vie pour elle-même. Il y aura à boire et il y aura à manger.

C'est une vérité ample et légère comme la femme turquoise assise derrière son verre d'eau, pourtant c'est aussi une vérité pesante, parce qu'elle se cogne aux savoirs acquis, au collage surréaliste, contradictoire, affolant, des prescriptions d'être. Nos convictions tissent un filet et quand nous cherchons à nous en dégager, il arrive souvent que cet effort lui-même fasse partie du tissage. C'est normal. Il n'y a pas de règle précise à propos de l'existence. Cet homme qui marche mine notre travail de toutes les minutes, il éveille l'intuition que, peut-être, il n'y a rien à payer pour le fait d'être en vie. Terrifiant : il n'y a peut-être pas d'autre sens à l'existence que le simple fait d'exister. Fait grandiose. Miracle répété sans tambour ni trompette par tous les printemps sur terre, par tous les matins. Ne rien devoir à la vie et, pour cette raison même, lui devoir tout, c'est-à-dire : lui devoir de vivre.

Après avoir raconté l'histoire de l'homme qui marche, la femme turquoise pose son verre par terre, se lève et salue, elle s'en va prendre un train qui la ramène chez elle, à Rome, où elle enseigne le latin à des adolescents.

L'humain a lutté contre l'avancement du temps. Il a regardé la nature et, malgré le fait d'y avoir vu l'évidence, il a succombé à la tentation de cette Éternité maligne qui se définit négativement, au verso du devenir, il a succombé à la tentation de cette Certitude qui ne sert ni à aimer ni à mourir, mais à oublier la tristesse contenue dans l'amour et dans la mort. Il se retrouvait, ainsi, incapable d'une foi qui se passe de Certitude et d'Éternité. Pourtant la grande foi est aveugle, c'est là son mérite et sa grande beauté. En ce sens, elle est une forme d'amour, l'amour n'étant rien d'autre qu'un soudain rassemblement des forces en vue du risque absolu. L'amour est aveugle, par définition. L'amour, par définition, est un voyage courageusement pointé en direction de l'incertain. Lorsqu'il y a cette Certitude qui protège de la chute, l'amour est en déclin.

La véritable éternité n'est pas en duel contre le devenir. Elle est conditionnelle au temps qui avance et, pour lui accéder, il suffirait de mettre une chaise libre dans la course des choses, afin qu'elle puisse s'asseoir et qu'elle ouvre, en s'asseyant, le repos qui lui est propre. Il suffirait de ne rien attendre d'elle, il suffirait même de ne pas l'attendre, puisque l'attendre serait encore la faire disparaître derrière le temps qui passe avec une telle évidence. L'éternité serait celle de la présence à soi. Non plus à soi en tant qu'entité close et suspicieuse : mais en tant que l'hiver, le lac et la plume. L'éternité ne serait rien d'autre que le fruit d'une présence véritable.

Tu m'as rendu l'enfance intacte au-delà de ce qu'en avaient fait l'école et le travail. Tu m'as rendu l'enfance du jeu et de l'étonnement, l'enfance d'emblée d'accord avec tout ce qu'elle voit, parce que ce qu'elle voit l'étonne et que l'étonnement lui donne un plaisir sans mesure. Notre lit était cette chaise libre où venait s'asseoir l'éternité et, précisément parce que je savais que je devrais partir, bientôt, demain, précisément parce que notre temps serait bref, l'éternité est venue s'asseoir sur la chaise, elle est venue me le dire, à moi friable et dépourvue de ma langue : regarde-le bien, il était là depuis toujours, tu l'aimais d'avance et, lorsque tu partiras, il sera là toujours, tu ne cesseras pas de l'aimer.

Il y avait l'art de la présence dont tu étais le prince et que tu m'enseignais secrètement pendant que je croyais t'attendre. Dans l'attente de toi, qui m'a tant fait souffrir, il y avait une promesse qui, à l'envers des promesses ordinaires, se passait d'avenir. Il y avait la foi, ma conscience d'elle fut soudaine et abrupte, mais c'était une foi très ancienne, une foi préhistorique, une foi toujours jeune dans l'histoire surprenante, il était une fois cette foi qui empruntait ta voix pour cogner à ma porte et quand, aveugle, je lui ai ouvert, j'ai compris en même temps que je t'avais perdu et qu'on ne perd jamais rien, que tout nous accompagne dans la folie d'aimer. Je suis depuis, de toujours à la fois, ma propre vie, c'est-à-dire, l'univers. J'avance dans la foulée de cette absence que l'amour m'oblige à regarder en face et à laquelle je trouve, lorsque j'en ai la force, la grande beauté des poèmes que l'on ne peut écrire.

J'ai changé l'heure de toutes les horloges, c'est le printemps sur mon pays. Je préfère cette fête à celle de ta langue, j'en suis surprise, j'en suis heureuse. Ton nom est redevenu celui d'un homme. La vérité s'en libère. J'ai marché sur les mots écrits comme sur des galets, je ne connaissais pas la largeur de l'eau à traverser, la rive est proche maintenant, j'en suis surprise. J'arrive à la maison, je n'oublie rien de toi, je suis sans toi me souvenant de tout et tenant ce souvenir entre mes mains, je vois qu'elles ont cessé de trembler. Ma foi m'a suivie. Elle est arrivée de nuit, peut-être, elle est rentrée à pas de loup, elle est là, devant moi pendant que j'écris ces lignes, elle pointe du doigt les franges du trottoir où la neige s'est ouverte sur le sol désiré.

Je n'ai pas cessé de t'aimer. Je n'ai pas l'intention de cesser de t'aimer. Tu vaques ailleurs. C'est avril, tu fais marcher tes chiens de plus en plus tôt. Tu penses peu à moi. Il fait frais.

Tout va bien. Tu n'as même pas le rhume. Tu couperas ta barbe bientôt. Mon pays est immense, je rêve toutes les nuits. Je t'ai perdu. J'en suis soulagée. Je n'aurai plus à te perdre. Je n'aurai plus à entrer dans le vertige de cette perte au fond de laquelle s'agitait l'aéroport, au fond de laquelle s'amusaient des canards empaillés et des chiens semblables à des balles de neige. Je suis ici.

Mon corps ôté à ton corps, mon âme une âme moins la tienne : j'étais une soustraction. J'existe aujourd'hui comme un nombre premier, indivisible, seul, sur une patte, un, rond, trois, sept. Onze, treize : tu n'as plus de prise sur le goût de la soupe.

Je m'assieds au milieu du bonheur comme sur un plancher de bois franc qui craque et se bombe dans le soleil. Je m'assieds là où la lumière est en son centre blanc. Dans le grand bonheur se tient aussi un grand malheur. Il est comme le noyau du bonheur. C'est le malheur de la vie qui bouge et qui fait mal en bougeant. Le bonheur demande de bouger avec la vie, il exige la rupture des cercles parfaits.

Elle s'assied au milieu du bonheur, surprise d'avoir pu voyager aussi loin.

Romans parus à L'instant même

La complainte d'Alexis-le-trotteur de Pierre Yergeau
L'homme à qui il poussait des bouches de Jean-Jacques Pelletier
Les étranges et édifiantes aventures d'un oniromane de Louis Hamelin
Septembre en mire de Yves Hughes
Suspension de Jean Pelchat
L'attachement de Pierre Ouellet
1999 de Pierre Yergeau
Le Rédempteur de Douglas Glover (traduit de l'anglais
    par Daniel Poliquin)
Un jour, ce sera l'aube de Vincent Engel (en coédition avec Labor)
Raphael et Lætitia de Vincent Engel (en coédition avec Alfil)
Les cahiers d'Isabelle Forest de Sylvie Chaput
Le chemin du retour de Roland Bourneuf
L'écrivain public de Pierre Yergeau
Légende dorée de Pierre Ouellet
Un mariage à trois de Alain Cavenne
Ballade sous la pluie de Pierre Yergeau
Promenades de Sylvie Chaput
La vie oubliée de Baptiste Morgan (en coédition avec Quorum)
La longue portée de Serge Lamothe
La matamata de France Ducasse
Les derniers jours de Noah Einsenbaum de Andrée A. Michaud
Ma mère et Gainsbourg de Diane-Monique Daviau
La cour intérieure de Christiane Lahaie
Les Inventés de Jean Pierre Girard
La tierce personne de Serge Lamothe
L'amour impuni de Claire Martin
Oubliez Adam Weinberger de Vincent Engel
Chroniques pour une femme de Lise Vekeman
Still. Tirs groupés de Pierre Ouellet
Loin des yeux du soleil de Michel Dufour
Le ravissement de Andrée A. Michaud
La petite Marie-Louise de Alain Cavenne
Une ville lointaine de Maurice Henrie

ACHEVÉ D'IMPRIMER
EN NOVEMBRE 2004
SUR LES PRESSES DE AGMV-MARQUIS
MONTMAGNY, CANADA